新潮文庫

ウエハースの椅子

江國香織著

新潮社版

8738

ウエハースの椅子

1

かつて、私は子供で、子供というものがおそらくみんなそうであるように、絶望していた。絶望は永遠の状態として、ただそこにあった。そもそものはじめから。

だからいまでも私たちは親しい。

やあ。

それはときどきそう言って、旧友を訪ねるみたいに私に会いにくる。やあ、ただいま。

まず、あの犬。

そのころ私の両親はラブラドール犬のジュリアンを飼っていたけれど、私の言っているのはジュリアンのことじゃない。

いまにも雨の降りだしそうな、曇った、肌寒い日だった。うす暗い廊下と高い天井、消毒薬の匂《にお》い。母は、小さなくるまのついた台に横たわり、しずかに運ばれてきた。なにしろ暗かった、と思うのは、どんよりした外気のせいだったかもしれないし、病院という場所に、私が怖気《おじけ》づいていたせいかもしれない。外観の古さに似ず、病院内部は清潔でモダンにできていたけれど、がらんとして人けがなく、しずかでよそよそしかった。廊下にはつやつやの黒い長椅子《ながいす》が置かれ、よく磨かれた床は黒と白の市松模様で、壁には金色のキリスト像がかけられていた。

運ばれてきた母は、私をみると微笑《ほほえ》んで、シーツからだした片手をふった。私は唇の端を一瞬わずかにひっぱって、なんとか微笑みを返した。あとはただ黙ってつっ立って、病室に戻る母を見送った。

私の横には父が立っていて、指の長いかたちのいい手を、私の背中に置いていたはずだ。でも、この場面の私の記憶に父はでてこない。ひんやりしたうす暗い廊下には私と母だけがいる。

ガラス越しに赤んぼうを眺めた。

「ほら、ちびちびちゃんだよ」

父は言い、ガラスをコツコツとたたいた。赤んぼうはぐっすり眠っていた。

それから、私と父は二人でおもてにでた。「ママが欲しがっているもの」を買うためだ。夕方だった。病院の前に停めてあった車の後部座席に犬が乗っていた。こげ茶色の、耳のたれた顔のながい犬だ。車にはほかに誰も乗っていなかった。窓が半分あいていて、犬はそこから顔をだしていた。私と犬の、目があった。青みがかった黒い目をしていた。おとなしそうな犬だった。あるいはくたびれた様子の。

父が私の名前を呼んだ。私が立ちどまっていたからだ。私は走って父に追いつき、手をつないだ。

あのとき、私とその犬は似たものどうしだった。

近くの雑貨屋で、「ママが欲しがっているもの」はすぐにみつかった。バターココナッツというビスケット菓子で、父はそのほかにりんごとヨーグルトを買った。

私たちは病院にひき返した。道路をわたるとき、父はいつものように、前をむいたままほとんど自動的に私の手をひいた。父は交通事故をひどく恐れていた。横断歩道のない道をわたるのを嫌った。大きなオートバイに乗る人間や、高速道路で百キロ以上のスピードをだす人間はみんな頭がおかしいと考えていた。車のほとんどは狂人が運転していると思え、と、父は言った。私はそう思うようになった。でも、それはもっとずっとあとの話だ。

病院に戻ると、犬をのせた車は、もういなくなっていた。

母は私たちの買物をよろこんでくれた。ベッドの傍に白い小さなテーブルがあり、時計と、すいのみと、額縁が置いてあった。額縁には私と父の写真が入っていた。すいのみの中身は、氷水だった。

「ちびちびちゃん、みた？」

母は私の顔をみると尋ねた。白いネグリジェを着て、頬をすこし紅潮させていた。私は黙ってうなずいた。

ちびちびちゃん、というのは、その何ヵ月も前から母のお腹《なか》のなかの赤んぼうについていた呼び名だ。父も母も私を「ちびちびちゃん」と呼んでいたので、もっと「ちびちびちゃん」であるその赤んぼうは、「ちびちびちゃん」なのだった。「ちびちびちゃん」は女の子だった。

黒と白のしずかな病院、低くたれこめた空、後部座席にのっていた犬、一九六九年四月。

どういうわけか、私はあの犬の顔を、いまでもよく憶えている。そしてふいに思いだす。たとえば、性交のあと、眠ってしまった男の横で、人形のようにじっとすわって、ぼんやり前をみているときに。あの肌寒い夕方の、あの犬の、困ったような、途方に暮れたような顔を。六歳の私と似たものどうしだった、おとなしそうな、あるいはくたびれた様子の、車の窓からつきだされていた茶色い顔を。

私は無口な子供だったが、それは、自分をまるで、紅茶に添えられた、使われない角砂糖であるかのように感じていたからだ。

そう感じるのは大人たちのそばにいるときだけだったが、私は一日の大半を大人のそばで過ごしていたし、子供——近所に住む「おともだち」たち——と一緒にいるよりも、大人と一緒にいる方がずっと好きだった。紅茶に添えられた角砂糖でいるのが、たぶん性に合っていたのだろう。役に立たない、でもそこにあることを望まれている角砂糖でいるのが。

「おともだち」のなかに、彼女がいた。ながい髪を三つ編みにして、いつもきれいなりぼんをつけていた。

彼女は蝶《ちょう》ちょを恐《こわ》がっていた。りんぷんがつくから嫌、と言っていた。私は平気だった。私は、蝶ちょをとるのが得意だった。そうっと近づいて、ここでいい、と決めてからまたしばらくじっとしている。息をころして、蝶ちょをじーっとみるのだ。それからゆっくり腕を動かす。すこしずつ、蝶ちょから目を離さずに。ぎりぎりの場所で手を止める。親指と人さし指とをひらいたかたちで。そして、ぱっ、と。

素早さというより正確さがいるのだ。

つかまえた蝶ちょはすぐに放した。そしてまた次のをつかまえる。そしてまた次のを――。蝶ちょをとっていると忘我の境地だった。いつまでもそうしていられた。しじみ蝶はいくらでもいた。紋白蝶《もんしろ》も。紋黄蝶はやや少なかった。あげは蝶はめったに来なかった。

私と彼女は、彼女のうちで、お姫さまごっこをして遊んだ。彼女の母親の服を着て、首飾りを腕にじゃらじゃらとまきつけて、ハイヒールをはいた。

お姫さまごっこをするとき、彼女はきまってエリザベスという名前になった。

「あたしエリザベスっ」

とても急いでそう言った。まるで、そうしないと私がその名前をとってしまうとでもいうように。私は、でもエリザベスという名前に興味はなかった。ちっとも美しい響きじゃないと思った。

「私はマリウス」

かわりに私はそう言った。あるいは「ジョルジュ」、あるいは「マルセル」と。男性の名前ばかりだったが、知らなかったので気にならなかった。彼女も気にしていなかった。

私たちは仲がよかった。

一度、彼女がおたふく風邪にかかった。私たちは会ってはいけないと言われた。やがて、彼女の母親がうちにやってきた。彼女の熱が下がり、元気になって退屈しているから会ってやってほしいと言いにきたのだ。私はでかけた。でもまだ「うつる可能性のある時期」だったので、私は玄関までしか入れてもらえなかった。三和土《たたき》に立って、階段のいちばん上にすわっている彼女と話した。彼女はパジャマにガウンを着ていた。髪はやっぱり三つ編みにして、両手で頰杖《ほおづえ》をついていた。

私の母は画家だった。「成功した」画家ではなかったが、いつも絵をかいていた。それで、母の部屋のなかは、いつでもかきかけの絵の匂いがした。カンヴァスに塗りつけられて乾いた絵具と、油を吸った布の匂いが。そして犬のジュリアンがいた。ジュリアンは自分の敷物を持っていて、それは母の部屋の隅に置かれていた。母はジュリアンを愛していた。

父は雑誌の記者をしていた。うちで仕事をすることもあったが、取材にでかけたまま、何日も帰らないこともあった。

「パパは高等遊民になりたいのよ」

母はそう言っていた。

私たち家族は東京のはずれに住んでいた。平屋だての小さな家だったが庭は広かった。庭にはたくさんの木がはえていた。夏みかん、枇杷《びわ》、いちじく、椿《つばき》、てんにんつつじ、あじさい。

夏の夕方、私たちはよく庭にでてすごした。母が水を撒《ま》き、父はビールをのんでいた。ジュリアンがいた。赤んぼうもいた。

門から玄関まで飛び石が続いていた。私がそこにつまずいて右足の親指の爪《つめ》をはがしたとき、爪のあった場所にアロエをあて、包帯をまいてくれながら、

「爪はまたはえてくる」

と、父は言った。

「もしはえてこなかったら、パパがつくってやる」

と。

私は安心した。父は手先が器用だったから、きっときれいな爪をつくってくれると思った。私の足にぴったり合う特別の爪を。

それから、「はしはし」のこと。

父はいつもやさしかったわけではなく、むしろ機嫌のいいときはすくなかった。機嫌の悪いとき、父はよく私に言ったものだ。

「お前はどうしてそうぐずなんだ」

そしてこう言う。

「もっとはしはしできないのか」

それを口にするときの父はほんとうに不愉快そうな、心から私を苦々しく思っている顔をした。私は「はしはし」したかった。

それは何度もくり返された。もっとはしはししなさい。なぜはしはしできないんだ。

私には、どうすればいいのかさっぱりわからなかった。ただ黙って叱《しか》られていた。でくのぼうみたいに。あるいはお客様の紅茶に添えられた、使われない角砂糖みたいに。

2

いまや私は中年にさしかかっている。恋人はいるが、結婚はしていない。古いマンションの四階に一人で住んでいる。青い瓦《かわら》屋根のついた白い漆喰《しっくい》のマンションで、どの部屋にもテラスがついていて、テラスには白いまるいテーブルと、お揃《そろ》いの椅子が置いてある。全部の部屋がそうなっているので、外からみたら奇妙だろうと思うのだけれど、せっかくついているので、私はそこで朝食をとる。

母は料理が好きだったが、私は料理ができない。つい先週も、友人が送ってくれたれんこんを揚げようとして、あんまり油がはねるのでやめてしまった。れんこんは、翌日訪ねてきた恋人が、全部きれいに揚げてくれた。

私の恋人はときどきやってきて泊っていく。彼は私の首と左の乳房を好きだと言い、私は彼の唇が、そこにおしあてられるのが好きだ。

ここには私の妹――かつての「ちびちびちゃん」――もやってくる。みんなやってくるのだ。やってきて、帰っていく。

「姉さんって、ほんとうにいつまでも子供みたい」

とか、

「姉さん、あなた、変わってるわ」

とか、

「姉さんは孤独ね」

とか、勝手なことを言って。

勿論《もちろん》私は孤独だ。あの日病院の前で会った犬とおなじくらい。でも私は「変わって」はいないし、まして子供ではない。

朝。

朝は好きだ。コーヒーとパンを食べる。恋人がいるときは、完璧《かんぺき》な半熟卵をつくってくれるのでそれも食べる。私は朝がいちばん食欲がある。

子供のころは朝が苦手だった。朝食はいつも無理にのみこまなければならなかった。

朝食のあと、母は毎日私の髪を梳《と》かした。私は、髪を肩のあたりで切り揃えていた。母はまず、小さなガラスの壜《びん》のふたをあけ、アクアマリンを溶かしたみたいに淡く青い透明の液体を、ほんのぽっちりだけ手のひらにとる。両手をかるくこすりあわせて、それを私の髪全体に、両手のひらでごくうすくなじませる。この液体は、ふうわりといい匂いがした。

「ちびちゃんの頭はちいちゃい頭」

うたうようなふしをつけ、母はそう言いながら髪を梳かした。櫛《くし》の柄《え》の先で分け目をつけて、細くからみやすい毛を丁寧に梳かす。頭を動かすと叱られるので、そのあいだじゅう首に力を入れていなければならない。私は目をつぶり、櫛の歯がくり返し頭の皮膚をひっかくのを感じていた。

「はい、できあがり」

母は言い、最後にもう一度、両方の手のひらを私の頭にすべらせる。

「するする」

髪の感触に満足して、うれしそうに母は言う。私はそうされるのが好きだった。頭《ず》蓋骨《がいこつ》をなでる母の手。

壁に、森の絵がかけてあった。毎朝髪を梳かしてもらうのは、その絵の前ときまっていた。墨色に近い深緑の森の絵、いい匂《にお》いになった頭。

マンションの庭に、ときどきのら猫たちがやってくる（恋人、妹、のら猫、そしてれいこんを持ってくる宅配屋。ここに来るオールスターキャストだ）。のら猫のノミをとってやりながら、私は自分が首に力を入れてじっとしている立場ではなくなったことに気づいて誇らしくなる。いまやノミをとってやる立場なのだ。

近所においしいパン屋があって、私は散歩がてら、よくそこにパンを買いにでかける。パン屋の店員はかわいらしい女の子で、私の好きなパンの焼き上がりが遅れると、ひどくすまなそうに謝る。ごめんなさい、あれ、きょう、まだなんです。

私は、いいのよ、とこたえるが、がっかりしてしまう。パン屋は近所ではあるが、いったん帰ってまた来る気持ちにはなれないからだ。

でも、たいていの場合、私はそこで、あたたかいぱりぱりのパンを手に入れることができる。

絶望と親しくしているお陰で、私の生活は平和そのものだ。

私は画家で、でも主な収入は、スカーフや傘のデザインで得ている。そういう仕事は私の生活を安定させてくれる。生活の安定は大切なことだ。

私の恋人は私を天性の画家だと言い、画家以外の職業は何も向かないと言う。どうしても別の仕事を考えなくてはならないとすれば、煙草《たばこ》屋だな、と、彼は言う。日がな一日、すわっていればいいから、と。

私の恋人はとてもやさしい。とてもやさしく、私の髪をなでてくれる。でも、私は彼が、私の髪のちょうど三ミリ外側をなでているように感じる。私の髪の、ちょうど三ミリ外側の空気を。

たぶん、私のからだはどこもかしこも、三ミリ外側にみえないまくがあるのだ。それから。

私の恋人は車を持っていない。私はそこも気に入っている。かつて私のつきあった男たちは、みんな車を持っていた。彼らは私をそれにのせようとした。紺色のルノーや黄色いホンダ、奇妙なジープやグロテスクなオープンカーに。

彼はそんなことはしない。私たちは自由だ。そして、歩いてどこにでもいくことができる。

3

子供のころ、私たちは、家族でときどき食事にでかけた。ドイツ料理屋のケテルとか、洋食屋の資生堂とか、小ぢんまりしたしずかな店が、父も母も好きだった。

外で食事をするとき、私は「よそゆき」の服を着なければならなかった。ボレロのついたグレイの服とか、こざっぱりした白いワンピースとか。私は「よそゆき」が嫌いだった。外出すれば必ずタクシーに乗ることになったし、私は乗り物に酔う質《たち》だったので、それらの服を着るだけで、早くも気分が悪くなってくるのだった。

タクシー。父も母も運転免許を持っていなかった。そして、二人とも、いちばん運転の上手《うま》いのは個人タクシーの運転手だと信じていた。他のタクシーには乗らなかった。乗り場に行列したときでさえ、個人タクシーにあたるまでうしろの人に順番をゆずり続けたほどだ。

でもやがて父は意見を変えた。個人タクシーの運転手は威張っていて不愉快だ、というのが父の達した結論で、それ以来他のタクシーに乗るようになった。母もそれに従った。私にとっては、でもどちらでもおなじことだった。

ともかくそんなふうにして、私たちは食事にでかけた。ケテルや資生堂へ。「よそゆき」の服を着て。

タクシーは憂鬱《ゆううつ》の象徴だった。帰り道、道路が混んでいたりするとなおさらで、果てしなく連なるテールランプの赤い光を、挑むような気持ちで睨《にら》んでいた。

レストランでの私の好物はバターだった。それはまるくくりぬかれ、波形の模様をつけられて、銀色の器にならんでいた。つめたくて、こっくりした味のするそれを、私はバターナイフでつきさしてそのまま食べた。いくつも。父も母も、私を「食通」だと言った。我家には、コレステロールについて気にする者はいなかった。

和食の店にいくこともあった。お鮨《すし》の銀八とか、天ぷらの天一とか。和食の店で、割り箸《ばし》がでると父はかならずそれを短く折った。子供の手にちょうど具合がいいように、2/3ほどの長さに。

割り箸を折るのは父の役目で、それはもう決まったことだった。折り口がぎざぎざになってしまうと、父は丹念に、ささくれた木をむしって危険のないようにした。

母の友人にY画伯がいた。Y画伯は白髪まじりの髭《ひげ》をたくわえた初老の人物で、母の言葉を借りれば「キリスト様みたいに痩《や》せて」いた。Y画伯には母と同い年の妻がいて、妻も画家だった。彼らに子供はなかった。

私たち家族とY夫妻は、ときどき一緒にでかけた。Y夫妻は逗子《ずし》に別荘を持っていて、夏にはそこにでかけたし、どこかに新しい植物園ができたときけばそこにいき、いいフランス料理屋ができたときけばそこにいった。

こんなことがあった。

どこだったか、和食屋の座敷でのことだ。大人たちはみんなお酒をのむので食事に時間がかかる。私は退屈し、ハンカチでねずみや百合《ゆり》をつくって遊んでいた。ハンカチは父のものを借りた。その方が大きくておもしろかったのだ。私はハンカチでねずみをつくり、百合をつくり、舟をつくり、ブラジャーをつくった。そのブラジャーを胸にあてたとき、Y画伯が私にこう耳うちした。

「おっぱいがそのくらい大きくなったら、おじちゃんの愛人にしてやろう」

私は耳まで熱くなり、きこえなかったふりをした。

Y画伯は、でも私のおっぱいが大きくなるのを待たずに死んでしまい、未亡人となったY夫人は、その後いくつもの恋をして、母をおどろかせることになるのだった。

実際、あのころはいろいろな人がいた。父の友人のT夫妻とか、父と母の麻雀《マージャン》仲間のKさんとか。このKというのはおもしろい人物で、長いこと上海《シャンハイ》に住んでいた。妻も子も上海に残して日本に帰ってきたらしい。くわしいことはわからなかった。喜怒哀楽の大きい人で、酔うとよく笑い、よく怒った。麻雀をしているあいだ、私を膝《ひざ》にのせてくれた。いつもストライプの背広を着ていて、背広は、煙草と香水の匂いがした。

T夫妻は、私の気に入りのお客様だった。二人ともまだ若く、すらりと痩せて、身ぎれいにしていた。ことに妻は美しく、褐色の肌とかたちのいい手足を、上等の服に包んでいた。彼女はインドネシア人だったが、流暢《りゅうちょう》な日本語を話した。遊びにくると、Tはいつもピアノを弾いてくれた。妻は、それを幸福そうに聴いていた。

そのほかに、落語家のSもいた。Sはかならず手製のチョコレートケーキを携えて現れた。チョコレートケーキには、さくらんぼや栗《くり》やくるみや、季節ごとの果実が焼き込まれていた。

Sは二度結婚して、二度離婚した。でもどの状態のときも変わらなかった。温和で、にこにこしていた。そして、チョコレートケーキを焼いてくるのだった。

みんな、どこにいってしまったのだろう。にぎやかだったのに。みんなどこかにいってしまった。父と母も。

私はもう、二度と彼らに会うことがない。

4

お風呂《ふろ》あがり、オードシャルロットを肌にたっぷりすりこんで、ハーブティをのんでいたら恋人が来た。

「急に顔をみたくなってね」

そう言って恋人は微笑《ほほえ》む。私たちは玄関でキスをする。彼の唇と鼻のあいだの柔らかい肌がうすく汗ばんでいて、私は今年も夏が来たことを知る。

恋人がシャワーを浴びているあいだに、私は窓を閉めてエアコンのスイッチを入れ、音楽を選んでハーブティをもう一杯つくる。

下着をつけ、首にバスタオルをかけた恰好《かっこう》で恋人がでてくる。深紅のソファに腰をおろす。私は彼の背中をはさむ恰好でソファの背に腰掛け、彼の髪をタオルで拭《ふ》いて乾かす。私の着ている丈の短いローブは裾《すそ》がはだけてしまうが、私は気にしない。彼は私のふくらはぎをやさしくなでる。

私は恋人に、昼間のできごとを話す。昼間、地下鉄のホームでのできごとを。

私はベンチにすわって人を待っていた。すぐ横に、小柄な、年をとった女の人がすわっていた。大きなボストンバッグを足元に置き、リュックサックを背負って、麦わら帽子をかぶっていた。電車は何本も滑り込んできて、何人かの乗客を吐きだし、何人かを乗せて、またでていった。私は動かなかった。彼女もまた動かなかった。

何本目かの電車がホームに滑り込んできたとき、彼女がいきなり立ち上がり、私に尋ねた。

「あの、これ、紫じゃないですよね」

それは銀色の電車で、車体の横に、紫色の線が一本入っていた。そのホームに来る地下鉄は、それと、山吹色《やまぶきいろ》のものだけだ。

「紫だと思います」

私は言った。

「これが、紫色の電車です」

彼女はぱあっと微笑んで、頭を下げ、ボストンバッグをつかむとその電車に飛び乗った。扉が閉まり、電車はいってしまった。

私は、彼女が行き先を言って尋ねてくれたのならよかったのにと思う。××にいきたいんですが、とか、この電車は××に停まりますか、とか。でも彼女はそうしなかったし、微笑んで、いってしまった。

あの、これ、紫じゃないですよね。

「大丈夫」

最後まで黙って話をきいたあと、恋人は請け合う。私の両方のまぶたに一つずつキスをして、

「それは紫色の電車だし、彼女はちゃんと目的地についたよ」

と言う。でも、私はそれが気休めにすぎないことを知っている。彼女は反対方向の電車に乗るべきだったのかもしれない。あるいは急行に乗るべきだったのかも。

「そうね」

私は言い、恋人の肩に頭をもたせかける。

「きっと大丈夫だったわね」

目をとじて息をすい、安心したふりをする。このことはもう忘れようと決め、私は実際に忘れてしまう。すっかり。他に方法はないのだ。

私たちはそれから旅行の計画について話した。毎年、八月には二人で十日ほど街をぬけだすのだ。私たちの休暇《バカンス》。私と恋人はハーブティをのみ、いくつかの街について話す。いままでに訪れたことのあるいくつかの街について、そして、いつか訪れてみたいと思っているいくつかの街について。

三十分後、私たちは寝室に移動している。私は恋人の香ばしい肩に鼻をこすりつけ、なだらかな腹に唇を這《は》わせる。私の恋人は完璧《かんぺき》なかたちをしている。そして、彼の体は、私を信じられないほど幸福にすることができる。

すべてのあと、私たちの体はくたりと馴染《なじ》んでくっついてしまう。使い込まれたカーフの手袋の片方ずつみたいに。あるいは血のつながった二人の幼い子供みたいに。

絶望は死に至る病だ。

そうやってベッドに横たわりながら、私はキエルケゴールの言葉を思いだす。絶望は死に至る病だ。

深夜。私のマンションは住宅地に建っているので、耳をすましても何の音もしない。世界は海の底に沈んでいる。

5

七月のある朝、妹が訪ねてくる。妹は、いつものように大きな鞄《かばん》に入れて、お菓子やらCDやら爪《つめ》切りやらを持ってきている。爪切りは私へのおみやげだという。

「とても使いやすかったから」

と。

私たちは妹の持ってきたCDを聴く。それは情熱的なギター曲のCDで、とても美しい。ギタリストは弦を自在にあやつり、ため息のようにひそかな音をこぼすかと思うと、突然狂おしく一つのメロディを強くかき鳴らす。くりかえし。いつもそうだ。

ギター曲を聴くと私は泣きたくなる。追いつめられ、逃げ場を失う。

「これ、苦しいわ」

私が訴えても、妹は気にしない。

「この激しさがいいのよ」

と言う。

妹は小さくて痩せている。とても短い髪をしている。妹の好む服の色はこげ茶や黒やカーキで、それは私に、ジャングルに身を潜める兵隊を思わせる。

妹は、小さな会社の経理の仕事をしている。帳簿と伝票、計算機と、いくつもの判この入った箱、コーヒー、机の下の青竹。

妹は旅行が好きだ。年中日に灼《や》けている。フォスター・ペアレントという運動に参加していて、世界のあちこちの、不遇な子供たちを援助している。彼らが学校にいかれるように。クリスマスになると、妹のところにたくさんのグリーティングカードが届く。世界中の、彼女の子供たちから。

彼女自身に子供はいない。彼女は独身で、半年以上続いた恋人もいない。

私たちは以前に話し合ったことがある。私たち一族の運命について。たぶん、私たちはやがて滅びる運命なのだ。ここが、私たち一族の果てなのだ。

「きれいね、これ」

妹は、私の机の上の、スカーフのデザイン画をみて言う。それは鮮やかなオレンジ色で、果物をモティーフにしている。

「姉さんの絵には生命力があるわ」

と、妹は言う。

私たちは、テラスにある朝食用のテーブルでコーヒーをのみ、妹の持ってきたお菓子を食べる。それはチョコレートで包んだビスケット菓子で、フィンガーチョコレート、という名前のとおりの恰好をしている。私たちはおしゃべりをしながら、何本もそれを食べる。

私たちは最近みた映画について話す。「アムス　シベリア」について、「マイネームイズジョー」について、そして、「運動靴と赤い金魚」について。

私たちはのら猫の勢力争いについて、妹の友人について、ズッキーニの値段について話す。話しながら、チョコレートの銀紙のしわをのばす。一枚ずつ丁寧に。

これはもう決まりのようになっている。フィンガーチョコレートを食べるとき、私たちは絶対に銀紙を破らない。慎重にむき、中身を口に入れたあと、指の腹を使って銀紙のしわをぴんぴんにのばす。のばしたら、紙の隅をつまんで持ち上げ、耳元で揺らす。銀紙は、ぱりぱりともしゃりしゃりともつかないかすかな音をたてる。私たちはその音を愉《たの》しむ。

母のやり方だ。母は、物事に彼女なりのやり方を持っていた。そして、これが、彼女のフィンガーチョコレートを食べるときのやり方なのだ。

我家の芸術家。父は母を、そう呼んでいた。

「ここ、ごたごただね」

テラスのごたごたは今に始まったことではないのに、妹はあらためて感心したように言う。育ちすぎ、数も増えすぎた鉢植えの植物たち。枯れてしまった植物たち。積み重ねられた空の植木鉢。如雨露《じょうろ》、霧吹き、剪定《せんてい》ばさみ。大きなガラス玉、様々な色の貝がら、モザイクでつくった小物容《い》れ。棚は傾き、たわんでいる。そのほかに、空のワイン壜《びん》が四、五本と、骨の折れた雨傘、錆《さ》びた鏡や縁の欠けたコーヒーカップがころがっている。

「私たち、どっちも園芸の才能は受け継がなかったわね」

妹が言い、私は微笑んでうなずく。植物を育てることに関して、私たちの母は、たしかに特別だった。母には、植木の一本一本が、暑がっているのか寒がっているのか、不機嫌なだけなのか病気なのか、お日様を浴びたがっているのか風に葉をふるわせたがっているのか、触れられたがっているのか一人になりたがっているのか、はっきりわかるようだった。母は神経質ではなかった。むしろおおざっぱだった。冷蔵庫の掃除をするように植木の世話をした。そして、枯れかけたものや気むずかしいもの、青白くいじけたものたちまで、するするとすこやかに育ててしまうのだった。

「暑いね」

まぶしそうに眉《まゆ》をひそめて、妹が言う。やがて私たちはテラスの日ざしに耐えられなくなり、部屋の中にひっこむ。

妹は注意深い子供だった。注意深い、そして忠実な。妹は、父や母にも、私にも、学校の教師にも、友人たちにも忠実だった。その忠実さは頑《かたく》なほどで、それはいまや妹の身体《からだ》の中に、小さな闇《やみ》を形成している。小さな、そして深い闇だ。その闇は安心で居心地がいい。私は自分を、そこに長居しすぎる居候《いそうろう》のように感じる。あるいは夜の森にひそむ、非力な野生動物のように。

夏の夕方、私たちはよく「小さな家出」をした。「小さな家出」はある種の散歩で、知らない道を選んでどんどん歩き、暗くなって、どちらかが帰りたくなったら帰るというものだ。遠くまでいきたがるのは私の方だった。妹は黙ってついて来た。不安になり、その不安に耐えきれなくなって、私が帰ろうと言いだすまで。

私たちにはいくつか気に入りの場所があった。豆腐屋のある小さな横町とか、空のたくさんみえる橋の上とか。ガードレールの一ヵ所へこんだ道があり、私たちはそのへこみに名前をつけていた。つねこ、という名前だ。私たちは、その名前がそのへこみにぴったりだと考えていた。一人でちゃんと立っている、でもすこし不幸な、つねこに私たちは指をすべらせた。それはつめたく、砂埃《すなぼこり》でざらついている。夕暮れの中、私たちは何度もふり返ってつねこをみた。つねこはじっとしていた。私たちと違って、つねこには帰る場所がないのだ。とろとろと曖昧《あいまい》な夏の空気、住宅地のはずれ、私たちの「小さな家出」。

6

死。

私はときどきそれについて考える。死。いままでに経験したすべての。

まず、ジュリアンの死。

父と母の愛犬だったラブラドール犬のジュリアンが、十三年の生涯をおえて神に召されたとき、私は十一歳だった。

ジュリアンは自分の敷物の上で死んだ。それは赤と青の糸で織られた長四角の布で、あちこち糸がほつれ、薄汚れて、ぼろぼろだった。死の数日前から、ジュリアンは食べることも飲むこともやめてしまった。父や私や妹が話しかけても聞こえないようだった。母の声にだけ反応したが、虚《うつ》ろな目を上げてちらりと顔をみるだけで、動くことも啼《な》くこともしなかった。

まだ生きているうちから、ジュリアンの身体は固くなり始めた。美しかった毛並みもいきいきした表情も、思慮も無邪気も忠誠も、もはやそこにはなかった。

一日に二回、獣医が様子をみに寄ってくれた。でも彼にできることは何もなかった。ジュリアンはただ死んでいった。きちんと。自分で。

父も母も泣かなかった。私も妹も泣かなかった。泣いてはいけなかった。それが私たちのやり方だった。ジュリアンは大人だった。老人だった。だから私たちは見送らなければいけなかった。年下の者たちとして。

母は死んだジュリアンの絵をかいた。鉛筆のスケッチが何枚かと、小さな油絵が一つ。母はそれまでにもジュリアンをたびたびかいていたが、私は最後の油絵がいちばん好きだ。本物のジュリアンはミルクティ色をしていたが、その絵の彼は、どういうわけか、あかるい茶色だ。背景はピンクと緑で、母らしいハイキーの色調になっている。

すぐそのあとで、Y画伯が死んだ。自殺だった。自宅で首を吊《つ》って一度失敗し、一週間後におなじことをして、今度は成功してしまった。Y夫人は泣けるだけ泣いた。食べもしない料理をつくり、テーブルにならべた。テーブルが一杯になると料理を捨てて食器を洗い、またつくり始めるのだった。Y夫人はまた、部屋のなかにむせるほど薔薇《ばら》を飾った。壁には、生前のY画伯のかいた夫人の肖像画――その中で、彼女は薔薇の束を抱えて微笑《ほほえ》んでいた――がどっしりとたてかけられていた。金色の額縁に入って。

死は、私の目に、残された者の狂気として映った。

それから父方の祖母と祖父が相次いで死んだ。母方の祖母も死んだ。私たちはその度に黒い服を着て、お葬式にでかけた。

「かなしんではいけない」

と、父は言った。

「かなしむべきことではないんだ」

と。

私は私の恋人に尋ねたことがある。

「私が死んだら、あなたかなしい？」

と。

「かなしいよ。とてもかなしい」

恋人がそうこたえたので、私は重ねて、なぜ？　と、訊《き》いた。恋人はそれにはこたえずに、

「じゃああなたは？」

と、私に訊いた。シーツにくるまって、私の髪を指にからませながら。

「僕が死んだら、あなたはかなしくないの？」

かなしくないわ、と、私はこたえた。昔、父に教わったとおりに。

「死ぬのはかなしいことではないのよ」

そう言いながら、でも私はほとんど泣きだしそうだった。恋人に死んでほしくなかった。それでそう言った。でもあなたは死なないで、と。

「馬鹿《ばか》だね」

恋人は小さく微笑んだ。私の頭を抱きよせて、音をたてて頬にキスをしてくれた。それは私の望んだ返事ではなかった。私は恋人に、心配はいらない、と、言ってほしかった。永遠に死なないことにするから、と。でも恋人は、そう言ってはくれなかった。勿論《もちろん》。

やがて父が死んだ。私が十七で、妹が十一の冬に。交通事故だった。友人の運転する車で、川釣りにでかけた帰り道だった。

道はあちこち凍っていて、空には星がでていた。無数の星が。

お葬式のあいだじゅう、私は父がそこにいるような気がしていた。父はきまじめな様子でそこにいて、弔問客の一人一人に、これはこれはおひさしぶり、とか、わざわざすみません、とか、挨拶《あいさつ》しているような気がした。でもそのあとで、ふいに不機嫌な顔になり、ふん、なんで俺が死ななきゃならないんだ、と、毒づくのだ。車には注意をしていたのに、よりによって交通事故なんかで、と。

「パパはここにいるわ」

母は気丈にそう言った。そして、夫もジュリアンもいない家の中で絵をかき、植物を育て、部屋を貸し、パートで仕事を持ち、娘二人を成人させた。

まず私が家をでて、それから妹が家をでた。小さな家族だった私たちは、別々の場所に住む、仲のいい三人の女たちになり、父の「芸術家」と「ちびちゃん」と「ちびちびちゃん」として、ときどき電話で話す間柄になった。

死は、残った者たちの新しい生活をつくる。

「パパがみたら嫌がるわよ」

私の部屋の装飾や白いピアノ、妹の履くごついブーツやショートパンツをみて、母はよくそう言った。

その母は脳溢血《のういっけつ》で四年前に死んだ。自分のアトリエで、一人で、ちょうどジュリアンみたいに。

私たちは小さなしずかなお葬式をした。Y夫人がやってきて、泣きながら私たちを抱きしめてくれた。いまや中年になってしまった、母の二人の娘たちを。

いくつもの死。私と妹の周りの、唐突な、親しい、そして威厳のある——。

死はやすらかなものだ、と、私と妹は考えている。あるいは、そう考えることにきめている。それはいつか私たちを迎えにきてくれるベビーシッターのようなものだ。

私たちはみんな、神様の我儘《わがまま》な赤んぼうなのだ。

7

夏の夜、私は恋人とビールをのんでいる。私は恋人のひと口目のビールが好きだ。彼がとてもおいしそうな顔をするし、彼の喉《のど》がゆっくり上下に動くのがみえるから。それにときどき泡が上唇の外側に残るから。私は、ビールの泡をつけた恋人の口元が好きだ。

恋人は鶏肉《とりにく》に塩をつけてあぶってくれる。なすを焼き、鰹節《かつおぶし》を削ってくれる。

私は、今夜自分が生きていることに感謝をする。今夜自分が生きていて、恋人もまた生きていることに。突如、この数時間が素晴らしいものに思える。月も夜空もごたごたに散らかったテラスも。ビールも鶏肉も、タフタのカーテンも。

私はみちたりて、怖いものなど何もない、という気分になってしまう。

それで、私たちは食事のあと、散歩にでることにした。マンションの管理人であるおじさんに軽く頭を下げ、私たちは指をからめておもてにでる。

夜風は甘く、かぐわしい。

「素敵」

うっとりして、私は言う。私たちはゴミ捨て場を横切り、商店街にでる。どの店もシャッターを下ろしている。

「アトリエにあった絵、いいね」

恋人は、私のかきかけの絵をほめてくれる。若い女が正面を向いている絵だ。

「学生時代の友人がモデルなの」

私は説明する。

「写真をみてかいてるのよ」

その友人は、とても短い髪をしていた。赤とか黒とか、はっきりした色の服を好んだ。父親ほども年の離れた男性とつきあっていた。色が白く、痩《や》せていて、きゃしゃな眼鏡をかけ、ゴロワーズを喫《す》っていた。

私たちは、一緒にデッサンをした。彼女のデッサンは力強く、独創的だった。私は彼女を美しいと思い、彼女の裸をみてみたいと思った。それを話すと、彼女は笑って、すぐに服を脱いでくれた。私は賛嘆した。彼女の身体はなめらかで、しかも想像していたよりずっと筋肉質だった。

「いまはどうしてるの？」

恋人が訊《たず》ねた。

「さあ。卒業して、ベルギーに留学したんだけど絵はやめちゃったの。最後に会ったときは美容師をしていた」

へえ、と、恋人はこたえる。前を向いたままで。

私たちは揺れる柳の枝をくぐり、自動販売機の放つ光の前を通り、停めてある自転車の横を過ぎる。

美術大学にかよっていた頃、私はいまよりもずっと若く、ずっと鼻持ちならない娘だった。

「会いたかったな」

恋人は言う。

「彼女にも、その頃のあなたにも」

私たちは、つきあい始めて六年になる。

次の瞬間、ふいにそれが訪れる。それとは、恋人が帰る瞬間のことだ。

「電話をちょうだい」

私は言い、

「うん。電話をする。さもなければ来る」

と、恋人は言う。私たちはからめていた指をはなし、頬をつけて耳元でおやすみを言いあう。

恋人は泊っていく日もあるし、帰る日もあるのだ。

私は浮かれて散歩にでたことをあやうく後悔しそうになり、すんでのところで戒めた。後悔は嫌いなのだ。

帰り道、私は注意深く、来たときと別の道を選んで帰る。上手《うま》く一人に戻れるように。

8

朝。

私は近所でパンを買い、コーヒーをいれ、朝食のあとで仕事にかかる。空はどんよりと曇って、いまにも雨が降ってきそうだ。

私の持っている二種類のパレットのうち、一つは自分でつくったものだ。合板をサンドペーパーで十分磨き、リンシード油を塗ってつくった。絵をかくための道具は、可能な限り自分でつくることにしている。手元を固定するためのマールスティックも、いくつかの油絵具も。

それらは母に教わった。ずっと昔、母のアトリエで。私たちは自分の絵をかくために、自分の道具をつくらなければならないのだ。

私のアトリエは雑然としている。そこにはけれども秩序があって、私にとっては他のどこよりも落ち着く場所だ。おそらく気配の問題だろう。この部屋の気配は、私の体温や心拍数や、血液の濃度や感情の波に呼応している。不思議なことに、ドアをあけ放っていても、アトリエの空気は部屋の外にでていかない。ゼリーのようにふるふると、じっとそこにとどまっている。

私はたいてい午前中に絵をかく。絵をかいているとき、私は電話にはでない。私の知人はそれを知っているので、午前中、私の電話は鳴らない。それでときどき、私は自分が世の中から見捨てられてしまったような気分になる。妹からも恋人からも、画商からも、宅配便屋からも、私のデザインしたスカーフや傘を置いてくれているブティックの店長からも。

無論これはばかげたことだ。電話にでないことにしたのは私なのだから。そしてそれでも、私はとり残され、見捨てられた気分になるのをとめることができない。築十七年の、ふるびた、白いマンションの一室で。

昼すぎ、あけ放した窓の下を、下校途中の小学生たちが通っていく。騒々しく、何人かずつかたまって。いつのまにか弱い雨が降り始めていて、みんな色とりどりの傘をさしている。

私は一瞬ひるむが、すぐに気をとり直す。彼らはここにはやって来ないし、私はもう大人なのだ。窓を閉め、しぼったヴォリウムでシューベルトをかけて、昼食がわりのハーブティをいれる。

小学校。それは私の人生の難関だった。教師も教室も校庭も嫌いだった。授業も規律も保健室も、遠足も給食もなにもかも。

いま思いだしてもぞっとする。高圧的な女教師や不衛生なトイレ、いやな匂《にお》いのするアルミのお盆とプラスティックの食器。そして、いちばんおそろしかったのはほかの子供たちだ。子供たちはいつも脅威だった。乱暴で、無遠慮で、爪《つめ》が汚れていて。

校庭の隅の水道と、白いペンキを塗られた朝礼台だけは、すこし好きだった。いつも変わらずそこにあり、私はときどき触りにいった。

あの日々。

人はなんだって子供を小学校に通わせたがるのだろう。

何をするにも二列に並ばされ、隣の子供と手をつながされた。休み時間には炎天下の校庭にだされ、身体検査の日には下着姿で廊下に並ばされ、とびたくもない跳び箱をとぶために、「勇気」をだすよう求められた。「快活」であるように、「足なみ」を揃《そろ》えるように求められた。私は、八十歳の老女になったような気持ちで生きていた。困惑し、逃げまどい、それからすっかり諦《あきら》めて。

あのころ、妹はまだ小さすぎた。ただの赤んぼうだった。男たちは私の人生に現れていなかった。私は一人ぼっちだった。

私はシューベルトに耳を傾け、影絵の柄のついたマグカップからハーブティを啜《すす》る。ハーブティは熱く、日なたの草の匂いがする。私は安全な場所にいると感じる。あれから時間がたち、私はもう小学校にいかなくていいのだ。

それは勝利ではない。でも、私は敗北をおそれたことは一度もない。私はなんとかやりすごした。それで十分だった。

午後、私は昼風呂《ひるぶろ》につかる。十一月に小さな展覧会をすることになっていて、きょうはその打ち合わせがあるのだ。私は仕事で人に会うのが好きだ。恋人がいなくてもちゃんと一人でやっている、という気になれる。

バスタブの中で手足をのばす。窓の手前に、きれいな色の壜《びん》がいくつもならんでいるのを眺める。バスオイルやバスソルト、化粧おとしやボディソープの壜だ。こまかい雨の音がする。

私は、湯の中にながながとのびた自分の身体《からだ》を見下ろす。白い、やや張りを失った、でも、一匹の動物としてはまだ十分にしなやかな身体を。

柘榴《ざくろ》の匂いの泡で身体を洗いながら、私は男たちについて考える。

男たち。

子供の私には与えられていなくて、大人の私に与えられたもの。得体の知れない思考と幸福な体温を持ち、芳《かんば》しく、骨ばった生き物。

何人かの男と出会い、恋をした。画学生、画商、市場で働いていた男。

いまの恋人は骨董品《こっとうひん》屋と古本屋を持っている。また、美しいふくらはぎの持ち主で、肌は深い森の匂いがする。私は彼を、ひどく愛している。

ああ、一人とばしてしまった。ごく短い恋だった。その男は劇団員で、おそろしく貧乏だった。丸顔で、巨人ファンだった。私はいまでもおどろかずにいられない。よりによって丸顔の巨人ファンと恋におちるとは。

たぶん、ふいによぎる疲労感に惹《ひ》かれたのだ。それから脂肪のつき始めた腹に、生きにくそうにしているところに。やさしい男だった。砂糖をいれてわかした温かい牛乳が好きだった。いくつもアルバイトをしていた。そして、別れを告げると泣いてくれた。

男たち。

私は彼らが好きだった。一人ずつみんな、風変わりな果物のように独特だった。ただ、いまとなってはなにもかも遠く曖昧《あいまい》で、上手く思いだすことができない。

9

私は仕事が好きだ。絵をかいていると落ち着くし、他のことはなにもかも忘れてしまえる。そういう作業は、私の人生において、記憶にある限り三つしかない。絵をかいている時間と、蝶《ちょう》ちょをとっている時間、それに、雪の日に空を見上げている時間。

あの空は不思議だ。仄《ほの》あかるく、わずかに砂色を帯びて、そこからきりもなく落ちてくる雪の一片一片の、あのかたち、あの軽み。見上げていると、完全に時間の流れの外にでてしまう。

雪を、もう随分みていない。

夏には、いつもきまってそう感じる。日ざしには果てがなく、もう百年も夏の中に閉じ込められている、というふうに。この季節は永遠に終わらないのだ、というふうに。

きょうも暑い。部屋のなかはエアコンがきいているのに、窓の外を眺めるだけで、暑さに体力を奪われる気がする。私はぐったりしてしまう。

妹から葉書きがきた。妹は夏休みをとって、伊豆高原にでかけたらしい。ふるい旅館に泊っています、と、書いてあった。鯛《たい》の姿造りやら巨大なエビやらののった、舟盛りのおさしみを一人で食べきるには心意気がいります、とも。

私はそれを読んで笑ってしまう。心意気というのはいかにも彼女らしい言葉だ。冷えた白ワインを啜りながら、私はテラスで早い夕食をとる。一人で。妹の葉書きを読み返しながら。

恋人のいないとき、私は老人のようにおとなしく暮らしている。食事もごく軽くしかとらない。熱いお風呂に入って、早く眠る。嗜眠《しみん》傾向が強いのは、あまり健康的なことじゃないんだよ、と、いつだったか恋人は諭《さと》すように言った。でも恋人は知らないのだが、誰も私を諭すことはできない。私は眠りたいのでたくさん眠る。次に恋人に会えるときまで。それは、私にはすこぶる健康的なことに思える。

そうやってたっぷり眠った私は、翌朝早起きをして、後に美容師になった学生時代の友人の肖像画をかきあげる。くすんだ緑色の壁を背に、顔色のわるい、目の光のするどい彼女が微笑《ほほえ》んでいる。絵の中の彼女は本物の彼女によく似ているが、同時に全く別人のようにもみえる。肖像画はいつも私を裏切り、挑発する。

かくということ、それは、閉じ込めることよりもむしろ解き放つことに似ている。私は自分を、無責任な多産女のように感じる。あるいはしょっちゅう妊娠してしまう娼婦《しょうふ》のように。旧《ふる》い友人の絵の前で、私は自分の仕事と人格の区別を見うしなう。

私は彼女に会いたいと思う。会ってもきっとどちらも話すことがないのだが、それでもとてもとても会いたいと思う。

10

波の音。

それを私は、耳より先に手の指や足の先で聴く。ざぶん、ざざざ、ざぶん、ざざざ、さぶりさぶりさぶりさぶり。

夕方の浜辺は、潮の匂いではなく夕日の匂いに包まれている。ざぶん、ざざざ、ざぶん、ざざざ、さぶりさぶりさぶりさぶり。私は恋人にもたれ、恋人の腕の中でそれを聴く。風がわたっていく。

私と恋人は海に来ている。この小さな島に来るのは二度目だ。

昼間はたいてい本を読んですごす。気がむけばシュノーケリングもするが、ながいあいだ水につかっていることはしない。

私たちのバカンスはべたべたに甘い。いつも。

出会ったとき、私たちはどちらも十分に大人だったので、もう自分を甘やかしてもいいと判断したのだ。私たちは自分を甘やかす。そして相手を。

「夕食の前に一緒にシャワーを浴びようか」

耳元で恋人が言う。

「素敵」

はだしの足指を曲げ、親指に白砂を嚙《か》ませながら私はこたえた。どこもかしこも、肌がすこし汗ばんでいたところだ。

「私がいちばんしたいと思うことを、あなたはいつも知っているのね」

手をつないでコテージまで歩きながら、私は自分たちを兄妹のように感じる。恋人同士のようにではなく、仲のいい、残酷で屈託のない兄妹のように。

とかげのしっぽを切った日に、母がコップを買った。よく晴れた日で、あのときのことははっきりと憶《おぼ》えている。私は小学校にあがったばかりだった。夏休みで、いつものように一人ぼっちで、退屈していた。

とかげをみたのははじめてだった。私は息をのんだ。あまりにも異形のものだった。男の子の持っている怪獣の玩具《おもちゃ》が、生命を持って動きだしたみたいだ、と、思った。幻をみているような気がした。

小さな指のついたきれいなかたちの四つの足でそれが突進してきたとき、恐怖のあまり、私は手に持っていたシャベルを振りおろしてしまった。とかげは逃げ、残ったしっぽが私の残虐《ざんぎゃく》な行為を糾弾していた。

母がガラス戸をあけたのはそのときだった。

「ただいま」

買物にでかけていた母は、あかるい声で言った。

「いいものを買ってきたのよ」

私は茫然《ぼうぜん》自失の体でつっ立っていた。庭には椿《つばき》の葉陰が落ちていた。

「みて」

母が言い、黄色とオレンジ色の花柄のコップをさしだした。

「かわいいでしょう？　あなたのよ。あなたはジュースが好きだから」

私はコップを見もしなかった。いましがたの出来事に気をとられ、すっかり心をうばわれて、母の言葉はそばを素通りしていった。

「ああ、とかげ」

夕食の席でその話をすると、母はあっさりとそう言った。

とかげ。

はじめて聞く名前だった。


私と恋人の旅行荷物はすくない。どちらも小さな旅行鞄《かばん》一つで、恋人のそれは黒い革のボストン型、私のそれは白い布のトランク型だ。もう何年も変わらない。すこしの着替えと本の他に、恋人はお金を、私はスケッチブックを、それぞれの鞄に入れて持ってくる。

夕食ははてしなく時間をかけて食べる。テーブルごしに、私たちは互いに相手の目から、ほとんど目を離さない。新鮮な魚やぱりぱりにローストされた鶏《とり》、野菜のつめたいスープ、果物と一緒に蒸したお米なんかをゆっくりと咀嚼《そしゃく》しながら、あいまにどんなに愛しているかささやきあう。それはほとんどゆるやかな自殺のようだ。彼は私を愛している。私はそれを知っている。私は彼を愛している。彼はそれを知っている。私たちはそれ以上なにも望むことがない。終点。そこは荒野だ。

せめて見晴らしが悪ければいいのに、と思う。城壁がめぐらされていたり、木が鬱《うっ》蒼《そう》と茂っていたりすればいいのに。

ここは視界がひらけすぎている。果てがない。私たちは自由で、そして、閉じ込められている。

恋人は白いコットンの短パンと、あかるいベージュのシルクのシャツを身につけている。

「あなたは美しいわ」

ガーリックとバターでべたべたになった蟹《かに》を口に運びながら、私は言った。

「いますぐ床に押し倒してしまいたいくらいよ」

恋人は微笑み、

「早く」

と言う。

たっぷり五秒間、私たちは無言で見つめあった。息苦しさのあまり、私は泣きだしたくなる。

人を好きになるなんて、子供のころには考えられないことだった。人に心をひらくだなんて。

11

「娘が喧嘩《けんか》をしたことを話したかな」

部屋でテキーラをのみながら、恋人が言った。

「いいえ、聞かないわ。話して」

私はお風呂《ふろ》あがりで、手足にすりこんだオードシャルロットが淡くたちのぼるので気分がいい。

「学校で喧嘩をしたんだ。男の子を相手に」

私は、恋人の口調に誇らしそうな響きをききとる。放課後とか鉄棒とか、切れぎれの単語を耳に入れながら、いつかみせてもらった写真を思いだしていた。ほっそりした、整った顔立ちの女の子だった。私の恋人には、娘と息子が一人ずついる。

「勇敢な娘さんなのね」

恋人が話しおわると私はにっこり微笑んで言い、恋人の手からグラスをとって、喉《のど》を灼《や》くお酒を一口啜《すす》る。恋人は結晶状の塩を自分の親指のつけ根にのせ、私の口に含ませてくれる。

このあたりには小さな島がいくつもあって、バンカボートですぐにいかれる。それらの島は、私の目にはどれもおなじようにみえるが、全然ちがうのに、と恋人はおどろく。

「みてごらん」

ボートの上で、恋人は説明してくれる。

「あの島は干潮のときにしか姿を現さない。ここに着いた日にあなたが貝殻を拾った島は向こう。群生する珊瑚《さんご》がみえたのを憶えてるでしょう?」

私は空をみあげて、そんなことを言われてもさっぱりわからない、というふりをする。説明されるのは嫌い、というふりを。こわいほど青い空だ。

でも勿論《もちろん》、さっきまでただの風景だった海の上の視界は、恋人の言葉でたちまち秩序を獲得する。その瞬間の、ほとんど感動的な変化の美しさには、私も気がつかないわけにはいかなかった。

恋人といるとき、私は世界に過不足がないと感じる。海にいても、街にいても。

12

東京に戻り、見慣れたマンションに着くと私は心からほっとした。旅はすばらしかったのに。

荷物をほどき、たまっていた郵便物とFAXの整理をする。深紅のソファやくたびれたタフタのカーテンや、テーブルや花びんや埃《ほこり》だらけのランプシェードや、部屋のなかのなにもかもがなつかしく居心地がいい。

私はステレオにカラヤンのアルバムをのせ、ハーブティをいれた。ロマンティック、と題されたこのアルバムは、マスカーニで始まりワグナーでおわる。

ソファに腰掛け、目をとじた。

島をでた日、私は三十八歳になった。目がさめてすぐ、恋人がお祝いのキスをしてくれた。旅のあいだずっと、「帰る日」はただの痛みだった。見ないように、触れないように、ないもののように考えようとした。ここに戻ってこんなに安心するなどということは、恋人といるときの私には想像もつかないのだ。島を離れ、マニラに向かう小さなプロペラ機のなかで、私たちはずっと指をからめていた。

夜、ベッドに入ろうとすると、やあ、と言って、ひさしぶりにそれがやってくる。私は仕方なく、ドアをあけて迎える。絶望を追い返すことなど、誰にもできないのだ。私たちは向かいあい、ぽつりぽつりと話をする。どうしてた？　順調にやっていたみたいじゃないか。絶望はそう言って、親し気に私の膝《ひざ》をぽんぽんとたたく。おとなしくベッドに入り、枕《まくら》に背中をもたせかけている私の膝を。

私はとうに忘れていたことをいくつも思いだし、いきなり立ち現れるその記憶の鮮やかさにたじろぐ。

たとえば「書き方」の教科書のこと。

黄緑色の表紙に毒々しい大輪の薔薇《ばら》がかかれていて、私はそれを、醜悪だと思っていた。醜悪だし、だいいち品がない。

それにだいいち品がない、というのはあの頃の父の口癖で、私たちの家では、それは最も決定的な貶《おとし》め言葉だった。ただし、子供が口にしてはいけない言葉でもあった。教科書の表紙について、品がない、などと言う子供はそれこそ品がないのだ。

私たちの母は、授業を「お授業」、ノートを「お帳面」、教科書やお帳面を「お道具」と呼んで心から敬意を表する母親の、最後の一人だったのではないかと思う。小学校に入学したとき以来、母には「先生のおっしゃることは、なんでもちゃんときちんとしなさい」と言い渡されていたが、私はそれをずっとながいあいだ、「緊張しなさい」だと思いこんでいた。

いずれにしても、私は「書き方」の教科書を醜悪だと思っていた。醜悪なものは、いったん見てしまうとなかなかまぶたから消えない。毒々しい薔薇の図柄。

私は、小学校が彼らの考えているほど品のいい場所ではないということを、父や母が知っていてくれたらと願った。それでいて一方で、父や母には知ってほしくないと願ってもいた。あのころ、私のちっぽけな頭は、いまよりもずっと矛盾にみちていた。

そろそろいくよ。

絶望が言う。絶望は子供のころの話が好きだ。

じゃあまた。よくおやすみ。

そう言って絶望はでていき、私はようやく眠ることができる。

13

夜明け、マンションの住民がまだ誰も起きださないうちに、中庭でのら猫のノミをとってやる。蒼白《あおじろ》く涼しい空気のなかで。

猫たちはみんな汚れている。私は傍らに水の入ったバケツを置き、しゃがみこんで、彼らのびっしり密集した毛をかきわける。猫たちの毛はやわらかく、どういうわけかひんやりとしている。夜がまだ残っているように。でも皮膚はあたたかい。私はノミを両手の親指の爪《つめ》で一匹ずつつぶし、屍《しかばね》をバケツの水に放す。

のら猫なので名前はないが、便宜上、私は勝手に呼びわけている。ブチ子とかキジとかやせっぽちとか。たいていは外見のままの呼び名だが、絶倫というのもいる。これは妹の命名だ。小柄な、うす茶色のトラ猫で、しょっちゅう雌を孕《はら》ませるのだ。やせっぽちは絶倫の子のうちの一匹だ。

ブチ子はノミとりが好きで、私がバケツを持っているのをみると、いちばんに寄ってくる。太って脚が短く、器量の悪い猫だが性質はやさしい。

逆にノミとりが嫌いなのはクロと絶倫。クロは、私が他の猫のノミをとってやっているとにゃあにゃあ甘え鳴きをして、足元をぐるぐるまわって体をこすりつけるくせに、いざとってやろうとすると憤然と拒否する。

ほかにも、たまにしか顔をみせない緑の目とか、しろねことかがいる。しろねこは、クロともキジとも絶倫とも仲が悪い。

ノミとりをおえると、私は立ち上がって背中をのばす。長時間手元に集中していたせいで、足元がふらつく。ノミの屍骸《しがい》がいちめんに浮いた水を捨て、私はあかるくなった空と庭とを眺める。新鮮な大気を胸にすいこむ。

部屋に戻ると、私はゆっくり時間をかけて熱いシャワーを浴びる。浴室じゅうに湯気がたちこめて、泡立ったボディシャンプーの、柘榴《ざくろ》の甘い匂《にお》いでいっぱいになる。

それからベッドに倒れこみ、私はもう一度眠る。ぐっすり。心ゆくまで。

14

子供のころ、私のいちばん好きなおやつはウエハースだった。

さくっとした厚みのあるやつではなくて、白い、薄い、手のひらの湿度だけでくにゃりとしてしまいそうなほどはかないやつだ。不用意に口に入れると上あごにくっついてしまうような。

あいだにほんのすこしクリームがはさまっているが、それはクリームというより砂糖をとかしたペーストのように淡い。うすい、ぼんやりとした味がした。

私はあの白いウエハースの、きちんとした形が気に入っていた。もろいくせにみごとにスクエアな、きちんとした、ほそながい。私はそれで椅子《いす》をつくった。小さな、きれいな、そして、誰も座れない——。

ウエハースの椅子は、私にとって幸福のイメージそのものだ。目の前にあるのに——そして、椅子のくせに——、決して腰をおろせない。


九月。昼間は息苦しいほど暑いのに、夜になると虫の声がする。何匹もいる。私はお風呂場の窓をあけ、バスタブの中でそれを聞く。りでりでりで、と聞こえたり、ごぐるるる、ごぐるるる、と聞こえたりするそれを。

虫たちは一体どうやって時期を知るのだろう。そろそろ自分たちが世界に参加してもいいころだ、と、土の中で心を決めるのだろうか。

私はながい時間バスタブにつかっている。電話が鳴ったが、留守番の音声に応《こた》えさせておく。お湯の中で、私は人間の寿命について考える。世界に参加している時間についいて。虫の声を聞きながら。

電話は妹からだった。かけ直すと間髪《かんはつ》を入れず、

「やっぱりいたんじゃない」

と、言った。

「どうしてすぐでてくれなかったの?」

と。私は意味もなく嬉《うれ》しくなる。電話にでなかったことを責めたりしてくれるのは、世界中で妹一人きりだからだ。

恋をした、と、妹は言う。私はべつにおどろかない。

「ひさしぶりね」

「二年ぶりよ」

伊豆高原で出会ったのだという。相手は六歳年下の大学院生で、「無愛想だけどやさしい子」だと妹は言う。それから二十分間、私は電話で顛末《てんまつ》を聞かされた。美術館で見かけ、「陰のある男だ」と思ったこと、伊東駅行きのバス停で一緒になり、「いつ

までたってもバスが来ないのでタクシーに相乗りすることになった」こと、「あんまり暑くて喉も渇いたので、駅前の喫茶店でアイスコーヒーをのんだ」こと、電話番号を教えたのは妹の方で、彼は自分の番号を言わなかったこと——だって私が訊《き》かなかったから、と、妹は言った——、そして、でも東京に戻るとすぐに連絡があったこと、それから頻繁に会っていること、彼は鶯谷《うぐいすだに》に住んでいて、妹はもう何度もそのアパートにいったことがあること。

「鶯谷ねえ」

私は言った。

「大学院生ねえ」

私は妹の話のどの部分にもおどろかなかったが、もしも妹の恋愛が半年以上続いたら、そのときには心からおどろくだろう。

15

日曜日。

私はいつもの店でパンを買い、コーヒーも買って公園の芝生で食べる。そこからの眺めとして、私は公園側ではなく道路側が好きだ。公園の中なんて、みていて楽しいものは何もない。犬とか子供とか、黙々と走っている人とか。道路側ならば道路がみえる。路上駐車したたくさんの車、アスファルトに落ちる葉もれ日の美しいかたち。

私は片膝を身体《からだ》にひきよせ――脚をのばすより縮める方が安心なのはどういうわけだろう――、やや下を向いてサングラスの上から街を眺める。街を、日ざしを、そして道路を。老眼鏡をずらして、昼じゅうテレビをみているおばあさんのように。

先週、画廊のオーナーと食事をした。

毎年一度、小さな展覧会をひらいてくれる画廊だ。かつては母の展覧会もひらいてくれた。私の絵は母の絵に似ている、と、彼は言う。情熱的なところも、静物のフォルムが歪《ゆが》むところも。私にはよくわからない。母の絵は私の絵よりもポップだと思う。母は生前、私の絵を陰鬱《いんうつ》だと言っていた。

食事のあと、私たちはピアノバーでお酒をのんだ。オーナーは私の、いちばん新しいスカーフのデザインをほめてくれる。それは全体がうすい青とみどりで、中央に鹿《しか》の子供が一頭、雨に打たれている柄だ。

「色がうまくでるといいね」

好物のオリーブをつまみながら、オーナーはそう言った。

それから私たちは私の部屋で、またお酒をのんだ。ほんの一時間ばかり。そうして、タバスコとトマトジュースの味のするキスをした。

公園の日ざしが耐えがたいものになり、私は紙屑《かみくず》をまとめてパン屋の袋に入れ、大きなゴミ箱につっこむ。ゴミ箱のフタには、犬のフンは入れないで下さい、というメッセージが貼《は》りつけてある。世の中はどこもかしこもメッセージで溢《あふ》れているので、私はなんだかうんざりしてしまう。

私にとって、人生は運動場のようなものだ。入口も出口もなく、無論どこかにはあるのだろうが、あってもそれに意味はない。無秩序で、前進も後退もない。みんなただ運動しているだけだ。私はそこで、途方に暮れている。

ずっと昔、新宿駅西口の広場を、私たち家族は「ちびちゃんの運動場」と呼んでいた。地面がモザイク模様になっていて、グレイの地に大小さまざまな白い水玉が散った模様のその水玉から水玉へ、父と母に両側から手をひかれた私がジャンプする――実際には私がジャンプするわけではなく、父と母がかけ声と共にひっぱりあげてくれるのだが――というのがその広場を通るときのきまりになっていて、だから汗をかいて息をきらすのは私ではなく両親だったのだけれども、でもともかくそこは「ちびちゃんの運動場」だった。

やがて「ちびちびちゃんの運動場」と名前の変わることになるあの広場は、私にとっていまでもやっぱり運動場だ。いまでは滅多にいくことがないが、それでもたまに、人に会いに高層ホテル群の一角にでかけていくときなどに、通りかかるとそう思う。

一つだけ違うのは、両側からひっぱりあげてくれる両親が、もういないということだ。

16

手。

妹は電話で手について話している。大学院生の手について。さっきからずっとだ。

その男は色の白い、指の長い、繊細で美しい手をしているそうだ。血管の透け方が上品なのだと妹は言う。

「上品って？」

「これみよがしじゃないってこと」

妹はその男にぞっこんのようだ。

「姉さんなら貧弱と形容する部類の体型で、腕も当然細いんだけど、いきなり抱きしめてくるときなんか、すごい力なの」

「そりゃあ若いんだから、力ぐらいあるでしょうよ」

私は意地悪を言う。

「姉さんたら、なによそれ」

妹は勇猛果敢だ。

「それより遊びに来ないの？　おいしい梨《なし》があるわよ」

いつもれんこんを送ってくれる友だちが、小ぶりでみずみずしい梨を送ってくれた。忙しくて遊びにいっている暇はない、と、妹は言った。だからまた電話するわ、と。

私たちは電話をきった。


夕方、恋人がやってくる。恋人はお風呂場《ふろば》のカビとりをしてくれる。塗布したカビとり剤を放置しておくあいだ、散歩にでようと恋人は言う。とても気持ちのいい夕方だから、と。

それで私たちは散歩にでかける。近くの公園に。

公園では男の子たちがスケートボードの練習をしている。工事現場にあるような、赤い三角帽子形のものを並べて、そのあいだをジグザグに滑走しては体をかがめ、跳び上がって方向転換をする。

それから犬の散歩の人々――彼らは朝も昼も夜もいるのだ――、子供を連れた母親たち。

「この時間に公園を散歩していると、自分がお風呂あがりみたいな気がするのはどうしてかしら」

私は恋人に言う。

「全然お風呂あがりではないのに」

私の横で、恋人は微笑《ほほえ》む。私たちは指をからめて、無目的に歩く人間にのみつくりだせる、自由でゆるやかで気儘《きまま》な足どりで、噴水のわきを通りすぎる。まだ十分にあかるい空に、白い小さい月がでている。

「みて。きょうの月はあなたの親指の爪に似ているわ」

噴水から、涼しい風が渡ってくる。

私たちは、石のベンチに腰をおろした。恋人はうしろから私を抱いて、私をきれいだと言う。この公園にいるほかのどの女よりきれいだ、と。でも、私はそれが嘘《うそ》だと知っている。私は目も口もやや大きすぎるし、唇が薄すぎる。それに、二の腕がたるみ始めている。それでも、私はそんなことは指摘しない。恋人がせっかくついてくれた嘘なので、甘やかな、でもすこしかなしい気持ちで、それをうけいれる。

「アーサー・ヘイリーはね、自作の中でいちばん気に入っているものは、と訊かれて、つねに最新作だ、とこたえてるんだ」

歩きながら恋人が言った。

「作家というのはそうあるべきだよね」

私にはよくわからなかった。そうあるべきなのではなくて、そうでしかあれないのではないかと思った。

「誠実な作家なのね」

私は言い、自分の口にした言葉がその作家に向けられたものか恋人に向けられたものか、わからなくなって混乱する。

「最新作は読んだ？」

恋人に訊かれ、私は首を横にふった。

「読むわ」

と、こたえる。

私の恋人は読書家だ。物識《ものし》りだし、比較的お金もあり、語学にも堪能《たんのう》で、おまけにお風呂場のカビもとってくれる。

私もたくさん本を読むが、いい読者とはいえない。読む本がなかったら、恋人のいない時間をどうやって過ごしていいかわからないから読むだけだ。だから、夜、恋人が帰ったあとに、読書をする。あるいは恋人の現れない昼に。

たくさん読むが、読んだはじから忘れてしまう。題名さえ忘れてしまうので、ときどき同じ本を二度買ってきてしまう。そして、それを読み始めても、随分ながいこと気づかない。ときには最後まで気づかずに読みおえて、二冊あることを知ってはじめておどろく。

マンションに戻り、私は三十枚ほどのCDのなかからマイケル・ナイマンを選んでかける。恋人はカビとりをおえ、私たちはビールをのんで、キスをする。唇に、首すじに、そして鎖骨に。私は恋人の鎖骨が好きだ。美しい旋律のピアノが次第に情感を増し、私たちは寝室に移動することもできずに、その場所で愛しあう。

恋人は、きょうは泊っていかれるという。

17

このことを、どうしてこんなにはっきりと憶《おぼ》えているのかわからない。でも、あの廊下の光景を、ゴムびきの上履きで床を踏むその心細く不愉快な感触ごと、隅々まで記憶している。

小学校一年生の、身体検査のときのことだ。保健室の前の廊下に、私たちはちまちまと、ごたごたと、二列にならんで引率された。

ふいに私は立ちどまり、動かなかった。列が停滞する。おそるべき愚直さで。

あのころ、学校という場所で、そういうことは何度かあった。非常に説明がしにくい。

いきなり気がついてしまうのだ。この廊下を、こんな風に二列に並んで歩くのは初めてだ、ということに。私には、理由と決心が必要だった。何をするにも。

どうしてこんなところを歩いているんだろう。

立ちどまった私は考える。

まだ決めたわけではないのに。

学校というところでは、理由も、決心する時間も、与えられたためしがない。それをするかしないか、いま決めなくてはならない。ぼんやりした子供だった私はぼんやりしたまま行動し、行動しかかってからそれに気づくので、決心と行動の順番が、いつも逆になってしまうのだ。

廊下は、給食室が近いのでへんなにおいがした。日があたらないので暗く、ひんやりしていた。保健室の戸は白っぽいうす緑で、たてつけが悪く、はげかけたペンキごしに、木肌がすけてみえていた。停滞した列はあっというまに私を置き去りにした。半ばあせり、半ば混乱して、私は大いそぎで状況を把握しようと努め、気持ちをまとめ、走って自分の場所にわりこむ。無防備な下着姿で。


あるいは、また。

私は教師の目の前に立たされている。教師は、やさしいけれど不愉快な口調で諄々《じゅんじゅん》と説いてきかせている。叱《しか》るとも励ますとも、なぐさめるともつかない口調で。

原因はよく思いだせない。牛乳びんに直接口をつけて牛乳をのむことができなかったときか、暑いので休み時間に校庭にでなかったときか、ほこりくさいマットに体をのせられなかったときか、蟻《あり》がついていたので鉢植えの朝顔を運べなかったときか——。

教師は私を心配性だと言った。心配性。そして必ず、やればできるんだから、と、くり返すのだった。

やればできるんだから。

でも、私はまだ決めていなかった。やるかどうか、やりたいのかどうか。

実際、私はぐずだったのだろう。決めるのに時間がかかった。それでも、従順な子供だったので、やりたいと思う理由を全力で探した。決心をするために。

いくつかの記憶。とりたてて不幸ではなかったが、十分に苦痛ではあったあの果てしない時間。

どうしてだろう。私は大人なのに、ときどき子供の時間に閉じ込められているような気がする。

18

雨の日、仕事場は、絵具の匂《にお》いがいっそうきわだつ。

私はいま小さな絵をかいている。青い絵だ。色を重ねたカンヴァスの、湿った表面をペインティングナイフの刃でひっかいて、チェロを一つかいているのだ。ひっかいた線は傷のようにいたいたしく、カンヴァスの白い地肌をみせている。

この技法を使うとき、母はペインティングナイフではなくて、絵筆の柄の先を削ったものでかいていた。木の方がカンヴァスをいためにくいから、と言って。

でも私はナイフの方が好きだ。力強い、硬質な線がかける。ナイフの刃先に近い部分を握りしめてかくので、金属特有の、つめたい感触があるのもいい。

この絵は自分のためにかいている。玄関にかけてある絵をあたらしくしようと思って。

二時間ほど仕事をするとお腹《なか》がすいたので、お茶づけをつくって食べた。白いごはんに玄米茶をかけただけの、そっぽろ茶づけ。

父方の祖父は、お茶づけはひやめしの方がうまい、と言い張って、たきたてのごはんも水で洗ってお茶づけにしていた。私も同感だ。でも、私のきょうのごはんはもともとてもつめたかったので、お湯で洗ってお茶づけにした。

午後一時。雨は降り止《や》まない。ちゃぽかちゃぽか音をたて、朝からずっと降り続いている。

ふいに泳ぎたくなって、私は小さな手さげに水着と帽子とタオルをつめる。そして近くの公営プールにでかける。くるぶしまでの、軽いレインシューズをはいて。

プールはすいていた。

頭のはげた初老の男性が、一人でもくもくと泳いでいた。すでにシャワーを通ったあとなので、私の全身は濡《ぬ》れ、腕に鳥肌が立っている。

足先からゆっくり水に入って肩まで沈み、ひら泳ぎで二往復した。それから背泳ぎで一往復。私にできるのはその二つだけだ。

ほんの二年前までは泳げなかった。

「水泳なんていやよ。私は健康的なことをする質《たち》じゃないの」

あの日も雨が降っていた。

「健康的？　とんちんかんなことを言うね。すべての運動は不健康だよ。身体《からだ》に不自然な負荷がかかる」

一理ある、と思わせるのは、私の恋人の天与の才だ。

「いいから」

と、恋人は言った。

「いいから、僕の言うとおりにして」

と。場所は箱根で、私たちは温泉宿にいた。その温泉宿にはプールがあって、恋人はそこで、私に泳ぎを教えてくれたのだ。

恋人はまず、私を水の中であおむけにさせ、背中に両手をあてがって支えてくれた。

「力を抜いて」

微笑みを含んだ声で言った。

「大丈夫。あごを上げて、頭をもっと水に入れてごらん」

私はこわごわ従った。

「上手だ」

恋人は言った。

「手をはなすよ」

恋人が両手をはなしても、私は浮かんでいた。孤独な島みたいに。

「どんな感じ？」

「不安定だわ」

「ほんとう？」

私は黙った。安定しているような気がしたからだ。

「ゆっくり足を動かしてごらん。自転車をこぐみたいに。ゆっくり」

すうっと、うしろ向きに進んだ。自分の頭が水を切りひらくのがわかった。私は天井をにらみつけながら、あおむけに寝たまま、足を動かし続けた。

いまや私はひら泳ぎもマスターし、あまつさえ、一人でプールに来たりしている。運動など大嫌いだ、と、思っていたのに。

私は言葉の上では誰の言いなりにもならない。でも、私の体は私をあっさり裏切って、どんどん恋人の言いなりになってしまう。いつも。

初老の男性は、クロールで、あいかわらず精力的に泳いでいる。ときどき——たとえば私たちが二人とも、プールのおなじ側に立って一息ついているときなどに——、彼はけたたましい咳払《せきばら》いをして排水溝に唾《つば》を吐く。

プールは、水の匂いとカルキの匂い、それに、不思議なことに雨の匂い。室内プールなのに。雨とプールと、水同士が呼応しているみたいだ。空からみれば、屋根も壁も、とるにたらないものなのだろう。

私は、最後に一度、足だけで進む背泳ぎ——妹は背浮きと呼ぶのだが——をしてあがろうと決める。

ふちにつかまって膝《ひざ》を曲げ、ゆっくりと壁を蹴《け》る。すうっと身体が水を切りひらき、うしろ向きに進む。あの日みたいに。

あごを持ち上げて頭をやや沈め、私は天井をみつめる。ビニールの温室を思わせる天井に、雨つぶがあとからあとからあたるのがみえる。重たい、灰色の空。照明が、つきささるように白くあかるい光を水面《みなも》に放っている。初老の男と中年の女が、それぞれ勝手に泳ぐプールに。


うちに帰ると、私は隅々まで疲労している。深紅のソファに足をなげだす。目をとじて、メンデルスゾーンをハミングした。シンフォニー五番は、去年の秋に恋人と聴きにでかけた曲だ。恋人はダブルのスーツを着ていた。メンデルスゾーンのほかに、バッハとドヴォルザークも聴いた。私たちは体を音楽でいっぱいにして、それからお酒をのみにでかけた。

私が品がないと思っているもの。携帯電話、愚痴、ゴルフ、恋。携帯電話も愚痴もゴルフも避けて通れるのに、恋だけは避けて通れない。

いつのまにかうたたねをしてしまい、目がさめると、もう暗くなっていた。窓をあけて風にあたる。雨はやんでいる。

19

しばらく恋人に会っていない。

夜。私は自分がつい恋人の訪問を待ってしまうことに気づき、待ってなどいない、と思いこむために、一人で外出する。

地下鉄で銀座にでた。銀座は、子供のころから好きな街だ。いままで何度か引越しをした。街なかに住んだこともあるし、都心からすこし離れた、水田だらけの場所に住んだこともある。でも、どこに住んでもときどき銀座にでかけた。ことに夜、一人のときは。

大通りを歩き、人を眺める。来月私の展覧会をしてくれるはずの、小さな画廊の前を通った。その展覧会のために、絵を三点借りることになっている。以前に私の絵を買ってくれた人たちから。やりとりはすべて画廊のオーナーにまかせているのだが、私はいったん売った絵を借りるのは嫌いだ。なんとなく未練がましい。もっとも、そんなことを言えば、だったらもっと新作をかきなさい、と言われることがわかっているので、私は姑息《こそく》に口をつぐむ。

ビルの二階の小さなバーで、お酒を一杯だけのんだ。ひさしぶりに顔をみせてくれたから、と言って、マスターは柿《かき》をだしてくれた。

子供のころ、果物屋になりたいと思っていた。果物の、色や匂いや形に惹《ひ》かれた。味ではなく。眺めていたい、さわりたい、という、単純な欲望。私にとって大切なのは、フォルムや重みや質感なのだ。

ひどいな。

恋人ならそう言うかもしれない。僕は果物とおなじなの、と。私はしばしば恋人に言うから。あなたにもっとさわりたい、あなたをもっと眺めていたい、と。

帰りはタクシーを拾った。子供の時分、タクシーは嫌いだったが、私はもう大人になったので、タクシーをよく利用する。タクシーは便利だ。てっぺんにあかりをつけて走っているので、夜みると安心する。あれに乗れば帰れるのだ、と、思う。

そしていま、私は車の窓から、公園の壁に赤いスプレーで、ミキ、いつまでもなかよくしようね。さち。

と書かれた落書きをみつける。うちのもうごく近くで、信号待ちをしているタクシーの窓から。

ミキ、いつまでもなかよくしようね。さち。

私の脳裡《のうり》にその二人の女の子の姿が浮かび、私はふいに泣きそうになる。

街灯に照らされて、その落書きは毒々しく赤い。

かつて、私にもそういう女の子たちがいた。もうよく思いだせないけれど。みんなどこにいったのだろう。みんなかわいい子たちだったのに。

私は窓の外をみたままで、何人かを思いだす。三つ編みにりぼんをつけていた、蝶《ちょう》ちょの苦手な女の子とか。薬局の娘で、きれいな顔の弟がいて、その弟をとてもかわいがっていた女の子とか。母親と二人暮らしで、小学生なのに演歌が好きだった女の子とか。

世界は、いまもやっぱりそういう女の子たちでみちているのだろうか。

ミキ、いつまでもなかよくしようね。さち。

20

妹が、大学院生と別れたと言う。

妹の恋は、いつも電光石火だ。大学院生には、四年もつきあっている女性がいたという。

「それが理由なの？」

電話口で、私は訊《き》いた。ソファでくつろいでいる恋人と、目くばせをし合う。

「十分な理由でしょ」

妹は憤慨している。夜。私と恋人は夕食をおえたところだ。

誰かと四年もつきあっているというなら、きっと彼はその女が好きなのだろう。でも、だからといって、妹を好きじゃないということにはならない。

「あなたがその男のひとを好きだということや、その男のひとがあなたを好きだということはどうなるの？」

「駄目、駄目」

妹は言う。

「私は姉さんとは違うの。そんな理屈は通用しないわ」

「理屈じゃなくて、ただの疑問よ」

私の電話が長いので、退屈した恋人が、うしろにぴったりくっついて腰を抱く。首すじに鼻をこすりつけ、耳たぶをそっと咬《か》む。

「とにかく絶対に駄目なの」

妹はゆずらない。

「ばかにしてるわ、まったく」

鼻息あらく言う。

「やけざけをのみにくる?」

私は訊いた。

「どんなワインがあるの?」

そこで私は台所にいき、棚のワインの銘柄を伝えた。

「いくわ」

と、妹は言う。

電話を切り、私は恋人に向きなおる。

「妹が来るの」

「そのようだね」

恋人は腕時計をみる。

「大丈夫。四十分はかかるわ」

私は言い、私たちは寝室に移動する。

妹は、あいかわらず森に潜む兵隊のような恰好《かっこう》をしている。モスグリンのセーター、黒いパンツ。

恋人が、生ハムを切ってくれた。

「よかったわ」

妹は言う。

「姉さんが切った生ハムは、厚くておいしくないもの」

恋人は苦笑し、

「でも、厚切りもうまいよ」

と言ってくれる。

「やわらかい、質のいい生ハムなら厚切りの方がむしろいい」

と。

私たちは、妹の所望で、最初にBonnezaux Ch. de Feslesをあけた。フランスの北の、甘いが豊かな白ワインだ。

「私たち、男をみる目がないのよ」

私の恋人の前だというのに、妹はそんなことを言う。

「私たち、じゃなく、私、でしょう?」

「姉さんもじゃない。妻子もちとか、巨人ファンとか、ろくでもない男ばっかり」

妹はずけずけと言う。

「だいたい姉さんは男につくしすぎるのよ」

私は目をまるくした。いったいどうしてそんなことを言われるのか見当もつかない。

「つくす?」

会いにきてくれるのは恋人の方だし、髪をなでてくれるのは恋人の方だ。お風呂《ふろ》のカビとりをしてくれるのも、生ハムを切ってくれるのも。

「すくなくとも」

妹は言いつのる。

「私はぴしっと別れましたからね」

私たちのやりとりを、恋人は余裕たっぷりに微笑して眺めていた。

「僕はあなたたち姉妹を、二人とも好きだな」

などと言って。

次の二本は赤ワインをあけた。三本目をのみおえるころには、三人ともぐらぐらになっていた。妹は泊っていくと言う。

「では僕は帰ろう」

恋人が言い、私と妹はおもての通りまででて、恋人を乗せたタクシーが走り去るのを見送った。

21

モディリアニの絵。

母はモディリアニが好きだった。彼の描く女が。不幸そうなところに惹かれると言っていた。首のながい、眼球のない、不幸そうな女たち。

でも私は考える。彼女たちは幸福だったかもしれない。金満家の夫がいたりして、若い恋人がいたりして、自慢の子供たちがいたりして、彼女たちは一人ずつ、みんな幸福だったかもしれない。あるいは勿論《もちろん》不幸だったかもしれない。それは誰にもわからない。たとえば、私たちの母が幸福だったのかどうかも。

よく晴れた朝、マンションのエントランスに、「警告」という紙が貼《は》りだされていた。「野良猫《のらねこ》に餌《えさ》をやらないで下さい」と書かれている。私は、ファック・ユーと思い、ごく小さい声でそれを口にする。

目前に迫った展覧会のために、私は画廊にでかける。そこではまだ別の展覧会をしているが、奥の小部屋で、オーナー夫妻がお茶をだしてくれる。すでに郵送済みの、案内状に目を通す。そこには私の絵と略歴が印刷されている。

オーナーの妻は、私の絵を「素敵」だと言う。「情感に溢《あふ》れて、とっても素敵」だと。

画廊での打ち合わせをおえて、私は真昼のおもてにでる。帽子屋の主人が、道に水をまいている。最近目立つコーヒースタンドのチェーン店から、コーヒーと焼菓子の匂《にお》いがする。

十一月。今年は冬のくるのが遅いようだけれど、そろそろお墓参りにいかなくてはならない。私たちの父は冬に死に、母は秋に死んだので、私と妹はあいだをとって、冬のはじめ、秋のおわりにお墓参りにでかけることにしている。私たちの年中行事。私は、「ちびちびちゃん」だったころの妹を思いだす。おとなしく、優等生で、年齢よりもいつも子供じみてみえた妹のことを。男の子のように短い髪をして、父に言われるままにキャッチボールなどしていた妹のことを。歯列矯正器をつけて、毎週ピアノの練習に通っていた。幼稚園の制服の、紺色のベレー帽が似合っていた。いまや会社につとめてとりあえず自活し、あちこち旅行をして、ときには男を拾ってきたりもする、私たち家族の「ちびちびちゃん」のことを。

22

私と恋人は、ある計画をたてている。外国に移住する計画だ。いつか、マジョルカ島あたりで、二人でしずかに心地よく暮らそう、と、恋人は言う。恋人はそこで骨董《こっとう》屋を営む。バカンス中の、裕福なヨーロッパ人を相手に。私はそこでも絵をかくだろう。恋人は、古本屋は息子に譲って日本を発《た》つのだと言う。

私はマジョルカ島にいったことはない。でも、そこでちゃんとやれることがわかっている。恋人と一緒なら。

私たちはそこで、蜜《みつ》のように幸福だろう。波のように自由で、風のように孤独だろう。

私と恋人の計画は完璧《かんぺき》で、そこには何の問題もない。何の問題も。ただ、私にはその日が永遠にやってこないことがわかっている、という一点をのぞけば。

いつか、二人で、マジョルカ島あたりで――。

混んだフルーツパーラーで、私は妹を待っている。ガラス窓ごしに大通りがみえる。交差点、急ぎ足の人々、車、黄葉した街路樹と落ち葉。

約束の時間に十二分遅れてやってきた妹は、お腹《なか》がすいたと言って、ハム・フルーツサンドイッチを注文する。

「朝ごはん、食べてないの？」

食べてない、とこたえて、妹はこげ茶色のハーフコートを脱ぎ、それを隣の椅子《いす》に置いた。

「寒いね」

窓の外を見ながら言う。

妹の食事がすむのを待って、店をでた。有楽町まで歩き、一駅だけ電車に乗って、東京駅にいく。

新幹線に乗り込むと、妹は窓際《まどぎわ》の座席にどしんと深く掛け、上をむいて目をつぶり、

「あー、新幹線の匂い」

と、言った。私は二人分のコートを網棚にのせ、

「忙しいの？　最近」

と訊いた。妹はそれにはこたえずに、

「あいつと復活した」

と、言う。車内は暖房がきいていて暑い。

「しょっちゅう電話をかけてくるんだもの、私ははっきりふったのに」

私は黙っていた。妹はその男を、「捨て犬みたいで放っておけない」のだと言った。

電車が動き始めると、私たちはビールを買って、それぞれのんだ。

子供のころ、私は新幹線が好きだった。座席の背に、白い清潔なカヴァーのかかっているところが、特別な感じでよかったのだ。あのころ、新幹線の座席は紺とグレイだった。

父はきまって車内販売のプリンを買ってくれた。私を膝《ひざ》にのせ、しりとりや古今東

西をして遊んだ。母は窓の外ばかりみていて、

「山だわ」

とか、

「川だわ」

とか、

「トンネルに入るわよ」

とか、言うのだった。

「四年ごしの女はどうなったの？」

私は妹に訊いた。

「知らない」

妹は言い、

「あいつ、つけこまれてるのよ」

と、つけ足した。

「その女に？」

「ろくな女じゃないのよ」

「会ったの？」

「まさか」

妹は、おどろいたように私をみる。

「どうして私が会わなきゃいけないのよ」

やせっぽちの妹は、まるで化粧っけがないようにみえるが、ちゃんと化粧をしている。うすく、上手に。

「会わなきゃいけないなんて言ってないわ」

私もおどろいた顔をしてみせた。妹は黙り、ビールをのむ。

「そんなにいい男なの？」

私は訊《き》いたが、妹は返事をしない。不機嫌に前をむいたままだ。その横顔は子供じみていて、かたくなだ。

「馬鹿《ばか》ね」

私は言い、ビールをのんだ。

三島駅からバスに乗り、私たちはようやく墓地に着く。私たちの両親の墓は、駿東《すんとう》郡小山《おやま》町というところにある。

「父さんたち、元気かな」

妹が言い、私は、たぶん、と、こたえる。私たちはにわかにたのしい気持ちになっのばしている。墓地は山の中だ。大きな木がたくさん、たっぷりした風情《ふぜい》で枝をのばしている。木々は半分がた紅葉していた。

妹が、まず鞄《かばん》から線香をだす。線香は束になっていて、赤い千代紙が巻かれている。私たちはそれに火をつけて、父母の墓の前に置く。ごろんと。横たわっているそれは、まるでダイナマイトのようにみえる。なつかしい匂いの煙は、途中までまっすぐ立ちのぼるのに、途中から突然くるくると螺旋《らせん》を描く。

私は抱えてきたブランデーの栓をあけ、墓石に上からとぷとぷとかける。甘い匂いが線香の匂いにまざり、墓石は濡《ぬ》れて俄然《がぜん》生気を帯びる。ブランデーは母の好物だ。

山の上からゆるい風がふいてくる。

妹は鞄から煙草《たばこ》の箱をだす。一本ぬいて火をつけて、箱と、その一本と、ならべて墓の前にそなえる。私も妹も煙草を喫《す》う習慣がないので、火のつけ方はぎこちない。

私たちは鞄から、両親の好物をつぎつぎだしてそなえる。大手まんじゅうとか、バターココナッツとか。それで、墓のまわりがごたごたになってしまう。店屋みたいに。

でも私たちは気にしない。その前で手をあわせ、しばらくそれぞれじっとしている。なんとか日々生きのびていることを報告し、またひとつ年をとった自分たちの顔をみせ、私も妹も平らかな気持ちになる。そして、バス停にむかって坂道を下る。

帰りの新幹線の中では、どちらもあまり喋《しゃべ》らなかった。東京に着くと、あたりはすっかり夜が降りていて、冬の都会の匂いがした。人々や、ネオンや、車の排気ガスのつくる匂い。

「ざくりは元気？」

別れ際、妹は思いだしたようにそんなことを訊いた。ざくりというのはのら猫の名前だ。顔に、ざっくりやられた傷がある。

「そういえば最近みないわね」

私が言うと、妹は心配そうな顔をした。

「元気で暮らしなさいね」

「姉さんもね」

私たちは言い、それぞれの場所に帰る。別々の電車に乗って。

23

避妊ゼリーは、つめたいパイナップルの匂いがする。

私はベッドに恋人とならんで横たわり、途方に暮れている。恋人は眠りにおちるのが早い。恋人の寝息は規則ただしく、安定している。

私は台所にいき、ハーブティをいれる。はだしの足のうらに、リノリウムの床がつめたい。台所の窓は縦長で小さい。私はその窓にもたれてハーブティをのんだ。

寝室にもどると恋人が目をさまし、

「どこにいくの？」

と、訊く。

「離れちゃ嫌だ」

と。恋人の声は眠たげで幼い。

「どこにもいかないわ」

私はこたえ、ベッドに入る。つめたい体を、恋人のあたたかい体に添わせながら。

ふいに私は、悪い夢のような気がする。それでそう言う。

「あなたって、悪い夢みたい」

恋人は体を起こし、片手で顔をこすった。

「どうしたの？」

と、訊く。私はくり返した。

「あなたって、悪い夢みたい」

と。

私は、自分が恋人の人生の離れに間借りしている居候《いそうろう》であるように感じる。彼のオプションのように。彼の人生の一部ではあるけれど、同時に隔離されているように。現実からはみだしているように。

私の恋人はやさしいが、やさしければやさしいほど、私は自分が架空の存在であるような、彼の空想の産物であるような気がする。

私は身動きがとれない。

「おいで」

恋人は言い、私を片手で強引に抱き寄せる。私の頭が恋人の肩にぶつかる。恋人の腕の力が強すぎて、私は息ができない。鼻も口も彼の肌におしつけられているから。

「現実だよ」

恋人は言う。

「こっちが現実だ」

私はそれを信じたくてたまらなくなる。ほとんどすすり泣くような気持ちで、

「ほんとう？」

と、訊く。

「ほんとうだ」

恋人は力強くうけあい、私は疑う理由を見失う。こゝちが現実だ。


冬。

展覧会は盛況だった。絵はほとんど売れて、私は花やお酒やカステラをもらった。母の友人だったY夫人も来てくれて、西洋人のように私を抱き、お母様もきっと喜んででいらっしゃるわ、と、言った。

「僕はあなたを誇りに思うよ」

恋人は私の絵をみてそう言ってくれ、私もたちまち誇らしくなる。私は恋人のために絵をかいているわけではないが、恋人のために日々生きているから。私にとって、絵をかくことと生きることは似ている。だからつまり、恋人のために絵をかいているのだ。

言葉なんて役に立たない。言葉を使って物を考えようとすると、いつも結局どうどうめぐりをしてしまう。

展覧会の最終日、私と恋人は街にでて夜ごはんを食べた。小さな、感じのいいレストランで。

「昔話をしてもいい？」

鴨肉《かもにく》の入ったサラダをつつきながら、私は言った。

「して」

恋人はこたえる。

「私の通っていた小学校はね、体育館の窓がとても高い位置についていたの。変な窓だなあって思ってた。だって空しかみえないんだもの。でも私はその窓が気に入ってたの。始業式の日も終業式の日も、窓から空をみていた。ただ、その窓には暗幕がついていて、たとえば学芸会や人形劇の日は、体育の先生がその暗幕を閉めてしまうの。だから空はみえなくなってしまった。窓は途方もなく高い位置についていたんだけど、その手前にベランダみたいな手すりつきの通路があって、舞台そでから階段で上がれるようになっていたのね、わかるかしら」

恋人は、わかるよ、と、言った。

「変な窓だった。だって、あれじゃあ風も光も十分にはとり入れられないと思うわ」

私は、恋人の選んだ赤いワインを一口のんだ。

「僕の通っていた小学校の体育館の窓も、そんなふうだった」

恋人は言った。

「まさか」

私には、それはにわかに信じられなかった。

「体育館の窓というのはたいていそういうものだと思うな。だって、危ないじゃないか、低い位置にあったりしたら」

恋人は説明してくれる。

「ボールとか、血気盛んな若者とかが、毎日ガラスを割ってしまうよ」

私は信じ難い思いで、でも無論、一方ではその通りだと思いもして、しばらく茫然《ぼうぜん》とした。

「おどろいたわ」

風変わりな窓だと思っていた。役立たずの窓だと。その窓にシンパシィを覚えてもいた。小学校は嫌いだったが、その嫌いな小学校の中で、数すくない好きなものの一つだった。

「あなたがいてくれればよかったのに」

私は言った。

「あのときあなたがいてくれれば、私はあんなに孤独ではなかったのに」

ひどく淋《さび》しくなってしまって、恋人の微笑《ほほえ》みも、その淋しさを治すことはできなかった。淋しさは、突然ぽっかりと口をあける。私はそのたびに足元をすくわれて、まんまとそれにのみこまれてしまう。

24

たとえば鳩《はと》サブレの黄色い缶、アーモンドロカの鮮やかなピンク色の缶、絣《かすり》模様のついたシガールの缶や、紳士淑女の絵のついた、キャンディのつめあわせのまるい缶。お菓子よりも缶の方をよく憶《おぼ》えている。それらはたいていいただきもので、美しいことやかわいらしいことや、あとで中に何か入れられることが大事なのであって、もともとの中身には興味がなかった。子供のころの私の欲望のなかで、食欲はたぶんとても順位の低いものだったのだろう。食事は摂《と》らなくてはならない何かであって、決してたのしみではなかった。

恋人の来ない日、私はしばしば食事を摂るのを忘れてしまう。あるいは、憶えていても、億劫《おっくう》で忘れたふりをしてしまう。子供のころみたいに。恋人のいないとき、食事はただの義務にすぎない。

部屋の中は、メンデルスゾーンが大きなヴォリウムで流れている。私はソファに横になり、自分の死について考えている。

それはいつだろう。

どういうふうにやって来るのだろう。

私には自殺願望はない。でも、それがいまではなぜいけないんだろう、と思うことがある。複雑に絡《から》み合ってはまたほどけ、乱暴なまでに部屋の空気を震わせる交響曲を聴きながら、私は自分がとても身軽だと感じる。そして、死はほとんどお菓子のような気軽さで、私を誘惑する。


十一月。

冬は一日が短い。私は眠り、仕事をし、お風呂《ふろ》に入り、音楽を聴き、また眠る。のら猫にエサをやり、外出をし、お風呂に入り、また眠る。本を読み、散歩をし、公共料金を支払い、また眠る。

展覧会で売れ残った一枚の絵を、今朝画廊のオーナーが届けてくれた。私たちはコーヒーをのみ、世間話をした。展覧会に来てくれた誰彼の話。オーナーは、玄関に掛けてあるチェロの絵をほめてくれる。寒色なのにあたたかい、と言い、私の絵には厚みがある、と言う。私はオーナーの眼鏡のつるばかりみていた。彼は最近つるを新しくしたのだ。それは飴色《あめいろ》で、きゃしゃなつくりにみえる。オーナーは話しながら目を細める癖があるので、眼鏡はそのたびに鼻梁《びりょう》の上で小さく上下する。

眼鏡は、私に父を思いださせる。

子供のころ、私が泣くと、父はおもしろがった。

「お前は渾身《こんしん》の力を込めて泣くな」

と、言った。そのとおりだった。私は泣き虫で、しかも渾身の力を込めて泣いた。

「まるでこの世の終りみたいだな」

父は可笑《おか》しがったが、私は、泣くとき、いつもほんとうに「この世の終り」だった。「この世」は、そのつど確かに終るのだ。何度でも。そして、一度終った「この世」は、もう二度と戻ってはこない。

父はまた、私にビールをのませたがった。練習が大事だ、と、言った。晩酌のとき私を膝《ひざ》にのせ、

「はじめは苦いんだ。でもそれは苦いと思うから苦いのであって、おいしいと思えばおいしいんだよ」

と、諄々《じゅんじゅん》と説いてきかせるのだった。

父の理屈は奇妙だった。奇妙で、真面目《まじめ》だった。

いろいろなことがあった。父も母も、善い人たちだった。それぞれに友だちがいて、友だち同士がまた友だちになっていくようだった。ジュリアンもいた。ジュリアンは賢い犬で、ミルクティ色をしていた。私と妹は、ただそこにいた。傘立てみたいに。掛け軸みたいに。あるいは、紅茶に添えられた角砂糖みたいに。

あれから随分時間がたった。

私はいまマンションのベランダにいて、あけ放った窓から部屋の空気を入れ換えようとしている。部屋の中にはコーヒーカップが二つ、置きっぱなしになっている。おもては寒く、曇っていて、ひきしまった匂《にお》いがする。ベランダはあいかわらずごたごたで、植木鉢だの空き壜《びん》だの、壊れたカンヴァスの木枠だのが積み上げられている。

25

ジュリアンのこと。

ジュリアンは美しい犬だった。美しくて賢い、そしてとても大人っぽい。私たちはみんなジュリアンを愛していたけれど、ジュリアンは決してそれにのみこまれなかった。私たちの愛情を信じてはいたが、それに甘えたり、それを過信したりはしなかった。愛情というものの扱い方を、家中の誰よりも心得ていたのだ。私は敬服してしまう。

ジュリアンの耳の厚みをどう形容すればいいだろう。薄いとも、厚いとも言えないあの微妙な厚み。それはつややかな毛におおわれて、わずかにしめって温かく、さわると、皮とも骨ともつかない感触がした。

母が始終なでたり抱きしめたりするので、ジュリアンの身体《からだ》は母の香水の匂いがした。でも勿論《もちろん》、その奥に犬特有の、濡《ぬ》れた土のような枯れ葉のような、上等のなめし革のような夜の森のような、たき火のようなブドウ酒のような匂いもして、私はジュリアンの身体《からだ》に鼻をこすりつけては、その野性的な匂いをすいこんだものだった。

ジュリアンは完璧《かんぺき》な肉食だった。果物やお菓子には見向きもしなかった。優雅で穏やかで、そして孤独をうけ容《い》れていた。

三つか四つのころ、私はジュリアンとお揃《そろ》いのチョッキを持っていた。母の編んだもので、肌色に近いピンク色をしていた。あざみの花の刺繡《ししゅう》がしてあった。

母は縫物も編物も上手だった。料理も。植物を育てるのも。私は、私も大人になったらそうなるものだと思っていた。何もかもできるようになるのだろうと。

でも、現実はそうではなかった。全然、そんなふうじゃなかった。


夜。

私は孤独を持て余している。

さっきまでこの部屋には恋人がいて、私たちはくっついたりささやきあったり、一緒に読んでいる本の中身について話したりセックスをしたり、ジン・トニックの味のキスをしたりしていた。

恋人の帰ったあとの部屋の中はがらんとして、とても私らしく調和してしまっている。

ベッドにぽつんと横たわり、私は闇《やみ》をにらんでいる。ジュリアンみたいに毅《き》然《ぜん》とした態度で、愛情を受けとめたいと切実に願う。百パーセントの信頼と、百パーセントの孤独とを、心にきちんと刻みつけたいと——。

でも私はジュリアンではなくて、妹の生まれた日、病院の外の車の中にいた、茶色い犬の方に似ている。

私の人生はときどき子供のそれのようだし、またべつのときには老人のそれのようでもあるのだが、決して三十八の女のそれのようにみえない。私は閉じ込められていると感じる。恋人の心の中に、あるいは子供の私の頭の中に。

26

十二月。

妹が、大学院生に会ってほしいと言う。それで、私たちはごはんを食べることにした。私と妹と、大学院生と私の恋人と、四人で。

寒い日だった。みんな私のうちにやってきた。一人ずつ順番に。

まず恋人が来た。食材の入った紙袋を携えて。私は恋人の脱いだコートを受けとって、寝室のハンガーにそれをつるした。

「白しょうゆはまだあったかな?」

台所から恋人が訊《き》く。それがまだあるのかどうか、でも私にはわからない。

次に大学院生が来た。ドアチャイムが鳴り、扉をあけると立っていた。無表情で。

「こんにちは」

私はにっこりしてみせた。大学院生は無表情のまま、

「おじゃまします」

と言って入ってきた。ばかばかしいことではあるのだが、知らない男の発散する空気に、私はちょっと動揺した。

「こんばんは」

台所から恋人が声をかけると、大学院生は軽く頭を下げたようだった。

そして妹がやって来た。

「あー、あったかい」

部屋に入るとまずそう言った。それから大学院生に向きなおり、

「はやかったのね」

と、言う。部屋の中じゅう鶏鍋《とりなべ》の、だしとしょうがの匂いがたちこめている。

奇妙な夜だった。

私たちは四人とも、どうしていいかわからなかった。

妹と私は、最近観《み》た映画の話をした。「ブロンド・ヴィーナス」とか「バッファロ

ー66」とか。

私の恋人と大学院生は、どういうわけか、沖縄の話をしていた。二人とも、そこを旅したことがあるらしい。

あれこれ訊くのは礼を欠くかとも思ったが、何も訊かないのも変だと思ったので、大学院生にいくつか質問をした。その結果、彼が岐阜《ぎふ》の出身であることと、妹が一人いること、それに、学校では学術情報処理が専門であることがわかった。学術情報処理というのが何のことか、あとから恋人に訊いてもわからなかったのだけれど。

全体に、大学院生は無口だった。

ワインを四本のんだ。恋人のつくる鶏鍋は、シンプルだけれどとてもおいしい。芯《しん》まで熱い下仁田《しもにた》葱《ねぎ》が、口に入れるととろりととける。ほかに、オクラのたたきと焼きしいたけも食べた。

食事がすむと、音楽をかけた。ギターがいい、と妹が言うので、私は「ナポリのギター」を選んだ。「浮気女」や「ミュゼッタのワルツ」、「愛の打明」といった曲の入ったアルバムだ。もとは母のものだった。

私たちの父と母は、音楽が好きだった。夜中に、よく二人でレコードを聴いていた。曲は、ギターだったりハワイアンだったり、シナトラだったりリュシエンヌ・ドリールだったり、「帰ってきたヨッパライ」だったり尾崎紀世彦《おざききよひこ》だったりした。

そういうとき、夜中にたまたま目をさまして居間におりると、そこはいつもの居間と全然ちがうふうにみえた。部屋の灯りがいつもよりずっとあかあかとしてあたたかく、父も母も機嫌がよくて、お酒と、たたみいわしをあぶった匂いなんかがしていた。

「おや、ちびちゃんのおでましだ」

父は、私をみるとそう言ったものだ。

「おいで。これを聴いてごらん」

と。

レナート・ロシーニの奏《かな》でるギターを聴きながら、私たちはまたワインをのんだ。父も母も死んでしまってこの地上にいないのに、ここでこうして彼らのレコードを、私と妹がそれぞれの男と聴いているのは不思議な気がした。不思議な、でもひどく自由な。

「きょうが世界の終りならいいのに」

私は恋人に言った。

「ここで、四人で、最期《さいご》を迎えているところならいいのに。これでおしまい、あとには何も残らない」

恋人は微笑《ほほえ》んで、

「かまわないよ」

と、言った。

「あなたがそう望むなら、僕もそれでかまわない」

私の肩を抱きよせて、髪にそっと唇をつける。

大学院生は、いつのまにか素足になっていた。まわりを見回しても靴下は見あたらなかったので、おそらくポケットにねじ込んだのだろう。鞄《かばん》の類は持っていなかったから。爪《つめ》のきちんと切られた、白い、きれいな足をしていた。

それから私たちは四人でマンションの中庭にでて、のら猫たちにエサをやった。猫たちはみんなぞろぞろと集まってきた。ぞろぞろと、でも、注意深く。なかでもいちばん注意深かったのはキジで、見知らぬ人間がいるので、なかなか近づいて来ようとしなかった。ようやく私の手からエサを受けとっても、いつものようにその場で食べることはせず、すこし離れた場所に逃げてから食べた。夜の闇の中で。

私は、近所からまた苦情がでるかもしれないと恐れた。掲示板に、あてつけがましく新たな貼紙《はりがみ》がでるかもしれないし、あるいは直接うちの郵便受けに、抗議文が入るかもしれない。でも、猫たちだってみんな、何とかして生きていかなくてはならないのだ。

寒空の下、私たちはつっ立って、猫たちの頼もしい食欲にみとれた。

「白くて、胴体の横に黒い模様のあった猫がいちばんかわいかった」

部屋に戻ると、大学院生が言った。ブチ子だ。そういえば、見知らぬ人間に、彼女がいちばん寛大だったかもしれない。

「ざくりは来なかったね」

妹が言った。

深夜をすぎていた。まず妹と大学院生が帰り、そして恋人が帰った。

私は元通り、一人になる。

27

かなしみ。

私はそれについて考えている。それについて、はっきり考えて見きわめようとすればするほど、それは珍しい植物か何かのように思えて、ちっともかなしくない気がしてしまう。それは厳然として目の前にある。私はこの部屋で、その珍しい植物を育てているのだ。余程環境が合うのか、それはすばらしく健やかに育っている。それの前で、私は上手《うま》く感情的になれない。かなしみは私から独立しているので、私は私のかなしみを、ひと事のように眺めてしまう。


「黒いタートルネックセーターが似合ってたわね」

みんながやってきた翌日、私は電話で妹に、妹の男についての感想を伝えた。

「悪くないと思ったわ」

「よかった」

妹は言った。

「あいつは食が細いから、姉さんの不評を買うだろうと思ってた。姉さんってよく食べる男が好きだから」

私は過去をふり返り、しばらく考えてから、

「そのとおりね」

と、こたえた。内心、すこしおどろいていた。

「手がきれいだったでしょう?」

妹が訊く。

「みなかったわ」

どんな手をしていたか思いだそうとしたが、思いだせなかった。かわりに足を思いだしたが、妹には言わなかった。

「まあ、姉さんの好みじゃないかもね」

私は、そうね、と、こたえた。

「また一緒に遊びにいってもいい？」

「どうぞ」

妹はほっとしたように、

「よかった」

と、言った。


好み。私にはよくわからない。たぶん妹が正しいのだろう。私には、恋人のかたち以外のかたちは、すべて好みにあわないように思える。

恋人に出会う前にも、誰かを好きになったことがあるはずなのに。

一体どうやって好きになったのだったろう。一体どんな男たちだっただろう。何もかもとても遠くて、まるで誰か他の人の記憶みたいだ。誰か他の人の思い出話を聞く程度にしか、私は自分の過去を感じられない。

これも私が閉じ込められているせいだ。私はふいにおそろしくなる。それで、今度恋人に会ったら絶対に言わなくてはならないと考える。誰かをどこかに閉じ込めるなら、そこが世界のすべてだと思わせてやらなければならない、と。自由なんか与えてはならない、と。

でも同時に、私は自分が恋人に、そんなことは言わないのを知っている。自由に価値などないにしても、それが私たちの持つ唯一《ゆいいつ》のものだからだ。おそらく、死ぬまで。

28

年が明けると、私は本の挿絵と装丁の仕事をもらい、しばらくそれにかかりきりになった。日々鉛筆画をかくのは気持ちのいい作業だった。私はほんとうに絵をかくのが好きだ。鉛筆が紙に最初に触れる瞬間の、根拠のない確信。ほんの数分後、さっきまで何もなかったところに、忽然《こつぜん》と現れている物体。それは私のかいたものなのに、しばしば私をおどろかす。

　それに鉛筆という道具の完璧《かんぺき》さ！　私は感嘆せずにいられない。鉛筆のつくりだす線の自在さと強さ、そして、あの完璧なしずけさ。


　妹と妹の男は、あれからときどきやって来る。二人で。あるいは一人ずつで。妹の男は一人で来てもやはり無口だ。三十分で帰っていった。猫に、と言って、鰯《いわし》を持ってきてくれた。鰯は、スーパーマーケットの白いトレイにのっていた。二人でそれを、猫たちにやった。彼は私を「お姉さん」と呼ぶ。

　朝。私はパンとコーヒーの朝食をおえ、仕事をする。午前中にたくさんはかどると、ささやかな充実感を得られる。

　日ざし。

　私は、冬の日ざしの量感が好きだ。それは実にふんだんに、私の窓辺を訪れる。ほんの束《つか》のま。おんなじだ。日ざしも、妹や恋人とおなじように、私の元を訪れてはまた帰っていく。

　私の恋人は、私をきれいだと言う。私の髪をなでながら、この髪にもう一ミリも伸びてほしくない、と言う。あなたはいまのままで完璧なのだから、と。まつ毛の本数さえ一本も変わってほしくない、と言う。

いつまでだろう。私は考える。私はこのひとを、いつまでそんなふうに錯覚させておけるのだろう。

子供のころ、父はよく私を膝《ひざ》にのせ、

「お前は世界いちだよ」

と、言った。だから私は、自分が世界いちなのだと思っていた。

やがて、もうすこし分別がついて、他の大勢の子供たちなどみるにつけ、私は、それがまるで正しくないことを知った。

それでも、父は依然として私を膝にのせ、

「お前は世界いちだよ」

と、言うのだった。私は、ほんとうはそうではないことに、父が気づかなければいいと願った。心から。父のために。

もう一人いる。

十六歳のとき、私は家族以外の人間とはじめてキスをした。それはあまりにも唐突に起きたので、はじめ、私には理解できなかった。

「かわいい」

彼女が発した言葉はそれだけだった。湖のそばの宿舎でのことだ。深夜、二段ベッドの上段に、彼女はよじのぼってきたのだった。

いまならば、と、私は思わずにいられない。いまならば、その思いがけない唇を、もっと身軽に受けとめられたのに。

私が学んだ数すくないことの一つに、ひとはどんなふうにでもあれる、ということがある。私たちは、だからどんなふうにでもキスをすることができる。昏倒《こんとう》せんばかりの熱情をこめてすることも、すすり泣くようなせつなさですることも、あるいはまた、たとえば天津甘栗《てんしんあまぐり》をつまむほどの気安さで、ふいにかるがるとすることも。

彼女はじきに、学校をやめてしまった。

記憶。私をほめてくれたひとたち。通りすぎていってしまったひとたち。

去年の暮れから新年にかけて、私はいくつかの集まりにでかけた。忘年会とか、新年会とか。どの席でも私はお酒をのみ、たくさんのひとと話し、冗談を言いあって笑った。たのしかったし、そのうちの一つの集まりで、誰かが撮ったスナップ写真は、本棚の本にたてかけてある。

その写真のなかで、私はとてもきちんとしてみえる。私はちゃんと仕事をし、収入を得て、友人たちとお酒をのんでいるのだ。たまご色のブラウスに、こげ茶の革のパンツをはき、頬を上気させて笑っている。私はみちたりているようにみえる。

そこには私の恋人はいない。恋人がいなくても、私はちゃんとやっているのだ。写真を送ってくれた画廊のオーナーに、私はお礼の手紙を書いた。表にあかるい色の薔薇《ばら》の花のついた、小さなグリーティングカードで。愉《たの》しく美味《おい》しい夜でした、と、私は書いた。またぜひやりましょう、と。次の年末まで待たずにまた、と。

29

小学生のころ、私はスパイごっこをしていた。小学校を、スパイごっこをしてやり過ごした。

スパイごっこについて、私は誰にも打ち明けたことがない。私は一人きりでそれをしていた。

どういうものかというと、私は大人で、スパイで、任務のために小学校に潜入している、というつもりになるのだ。そう思うと客観的でいられた。私はここに属しているわけではない、と、思えた。物事がすこし耐えやすくなった。私はそれを、小学校二年生のときに始め、六年生まで続けた。

たとえば休み時間に校庭で遊んでいても、私はしばしば抜けだした。トイレにいく、と言って。そうして私は裏庭にいき、まわりに誰もいないのを確かめてから、架空の仲間に報告をした。変化はありません、とか、きょうは誰と誰が欠席です、とか。

私の想像するスパイは、機敏で、美女で、それにどういうわけか、手の指がすばらしく細長いのだった。

無論これは馬鹿《ばか》げたことだった。私は子供で、小学生だった。裏庭で、一人ぼっちだった。

あのころ、私はいつも紺色の下着をはかされていた。それはやわらかく起毛したコットンでできていて、肌ざわりはよかったが恰好《かっこう》が悪かった。すくなくとも私はそう思っていた。でも、母は私にそれをはかせたがった。

冬のあいだ、それをはく理由として、母は、あったかいから、と、言った。あったかいからこれをはきなさい、と。夏になると、理由は、慎み深いから、に変わった。慎み深いからこれをはきなさい、と。

そのおなじ紺色の下着を、私は二十枚ほども持っていたと思う。いまや私は全然違う下着を身につけている。実際、下着は私の唯一の道楽といってもいい。豪奢《ごうしゃ》な、繊細な、美しいものたち。白や、深紅や、紺色の。絹の、あるいは総レースの。それらは全然慎み深くない。私はもう大人になったので、慎み深くなくていいのだ。

私は下着を買いにいくのが好きだ。そこでは私は上得意なので丁寧に扱われる。私の好みに合いそうなものが輸入されると、店員はすぐに電話をかけてくる。私は自由な気持ちで下着を選ぶ。自由な、大胆な気持ちで。私の選ぶ下着たちはお菓子に似ている。贅沢《ぜいたく》で、甘く、きゃしゃで、幸福だ。私はそれを、孤独な女スパイのために買う。

深夜、恋人の寝息をききながら、私は死について考えている。そこには父がいて、母がいる。ジュリアンや、Y画伯や、父と母の友人たちもいる。そこでは私は「ちびちゃん」のままだ。紺色の下着をはかされた、不機嫌で憂鬱《ゆううつ》な。

恋人の寝息は、ひそやかで安定している。うすい唇をほんのすこしひらいて眠っている。私は死について考えていたことを忘れ、恋人の寝顔に見入ってしまう。恋人の体はあたたかく、恋人は生きている。生きていて、ここにいるのだ。

照明をしぼっているので寝室は暗く、オードシャルロットの匂《にお》いがする。

私は恋人によってこの世につなぎとめられていると感じる。それは奇妙な感覚だ。恋人がすべてであると感じるのではなくて、恋人といるときの私がすべてだと感じる。私はそれを、淋《さび》しいと思うべきなのか満ちたりていると思うべきなのかわからなくて混乱する。正しいと思うべきなのか正しくないと思うべきなのかもわからないので、しまいには考えるのをやめてしまう。

恋人の顔に指先で触れる。それはあたたかく、本質的に水分を含んでいるが、表面はざらりとする。男の肌だ。

恋人は私と、全然ちがうかたちをしている。

30

今年になって、私と恋人は七冊の本を読んだ。一ヵ月半で七冊の、おなじ本を。一冊ごとに、私たちはそれについて話しあう。登場人物ひとりひとりの生活について、プロットについて、そしてその作家の、言葉の扱い方について。読んでいる途中でも、読みおわってからも。

恋人は私よりも読むのがはやい。私は追いつこうと努力をするが、ある日恋人はやってきて、こう言う。ああ、あれはもう読みおわってしまった、と。私たちの小さなゲーム。

午後。私はしなびたライムをデッサンしている。アトリエの机の隅に放置された、六枚の、輪切りのライム。それらは乾いて、ところどころ茶色くなり、いちばん古い二枚は、もう完全にひからびてしまっている。恋人がつくってくれるジン・トニックのライム。彼が包丁で、あるいはポケットナイフで切ってくれた、青く香りのよかったライムの、ミイラたち。

今度はデッサンばかりの展覧会をするのもいいね、と、画廊のオーナーは言う。私のデッサンは枯れていて味わい深いから、と。

私はそれについて考えてみる。枯れている、ということについて。それがある種の褒め言葉であることを、私は知っている。知っていても、その言葉はなんとなく私の本意ではないと感じる。

私は、もしかすると自分が、年をとることをおそれているのかもしれないと思う。その考えは私をおどろかせる。

私の恋人はあいかわらずやさしい。ゆうべもここにやってきて、絵をかけるためのワイヤーを新しくとりつけてくれた。私の部屋の壁はコンクリートなので、釘《くぎ》が利《き》かないのだ。

私たちは絵をとりつけ、ハーブティをのんだ。

「何かあった?」

恋人が訊《き》いた。

「いいえ。なぜ?」

なんとなく、と、恋人はこたえた。なんとなく最近元気がないから、と。

「なにもないわ」

私は微笑《ほほえ》んでみせた。それから二人でベランダにでた。ごたごたのベランダに。

私は淋しかった。でも、なぜ淋しいのかわからなかった。恋人は私のぴったりうしろに立って、両手でベランダの手すりをつかみ、その中に私を立たせてくれた。私は彼の匂いをかぐことができたし、肩ごしにくっつけあったほっぺたの、あたたかさと感触を味わうことができた。

「過不足はないわ」

私は言った。

「あなたといると、何の過不足もない」

恋人は微笑み、

「それはいい」

と、こたえた。私の中に、説明のつかない違和感が生まれ、私はあやうく笑いだしそうになる。何の過不足もない、ということは、それ自体何かが欠落しているのだ。

私は身体《からだ》をねじり、恋人の唇に軽くキスをした。

「愛してるわ」

恋人は私の目をじっとみて、

「僕も愛してる」

と言った。まっすぐ、誠実に。

私は毎日すこしずつ壊れていく。

31

プール。

私は競泳用の水着を着て、公営プールで泳いでいる。きょうは他に、中年の女性が二人泳いでいる。雨。私がプールに来るのは、どういうわけか雨の日ばかりだ。室内の照明が、ぎらぎらと水に映る。それは私に、忘れていた心細さを思いださせる。たとえば小学校の教室の、たとえば近所の文房具店の、雨の日の気配を思いださせる。

ひら泳ぎをするとき、私はゆっくりと泳ぐ。でも、いくらゆっくり泳いでも、きまってすこし水をのんでしまう。ゆっくりすぎるから水をのんでしまうのかもしれない。不衛生な水を。

プールからあがると、私はロビーの長椅子《ながいす》に腰掛けて休む。長椅子は木製の腕のついた合成革張りで、座面がでこぼこしていて固く、座り心地が悪い。ロビーにはテレビと自動販売機があって、テレビからは街頭インタビューの様子が流れている。うす暗く、ひとけがない。

私は、ここでも女スパイでいられればいいのにと思う。そうすれば落ち着いた気持ちでいられるかもしれないのに、と。でも、私は自分が女スパイであるような気がしないし、もはやそのふりができそうな気もしない。

夕方、マンションの裏の自転車置場で、ひさしぶりにざくりをみかける。ざくりは背すじをのばし、美しい姿勢ですわっていた。やや痩《や》せたようにみえるが、毅然《きぜん》として、威厳にみちている。傷ついていない方の眼は、深くやわらかい金色で、くっきりしたアーモンド形にみひらかれている。

「ひさしぶり」

私は声をかけるが、返事は期待していない。ざくりは陶器の置物のようにすわったまま、私をじっとみつめるがよってくることはしない。お腹《なか》はすいていないのだ。

私は満足する。ざくりはざくりのやり方で、彼の人生を生きている。

子供のころ、母は私に、いつかあなたも恋をするのね、と、言った。いつかあなたも恋をして、そのひとのためにごはんをつくるのね、と。

母は私に手伝いをさせるとき、たとえばお味噌汁《みそしる》のお椀《わん》を運ばせるときなどに、きまってこう言ったものだ。

「気をつけなさい。やけどをしないようにね。あなたにやけどなんかさせたら、ママはあなたの未来の旦那《だんな》様に申し訳ないから」

それを聞くたびに、私は怯《おび》えた。母の言葉は、まるで私のほんとうの居場所が、そこではない別の場所にあると言っているようにきこえた。私が未来の旦那様のもので、父や母は、私をそのみたこともないひとからあずかっているだけのように。

結局のところ、母の予言どおり私は恋をした。でも、恋は、母が考えていたようには作用しなかった。私はごはんをつくらないし、やけどには、自分のために気をつける。私は誰のものにもなれず、ここにいる。

私は母を強いと思う。すくなくとも、母はそのように男のひとを愛した。おそらく、意志をもって。

二月。私は冬という季節が好きだったのに、今年ははやくあたたかくなればいいのにと思う。あたたかく、あかるく。

夜。私と恋人はヒーターのきいた部屋の中で、ワインを啜《すす》っている。私はソファに腰掛けている恋人にみとれ、いつかこのひとの絵をかきたいと思う。私はその考えにぞっとする。誰かを絵にかくとき、私はたいていそのひとを失っているからだ。もう会えなくなってしまった友人たちの絵を、私は何枚かいたことだろう。

「おいで」

恋人が言い、私は恋人の足元にすわる。恋人の膝《ひざ》に、片方の腕と頭をのせて。

そうしているととても安心で、私はみちたりた気持ちになる。簡単だ。たったこれだけのことでみちたりてしまうのだから。

私はかすかに腹を立てる。あまりにも簡単な自分に。私は自分がみちたりるべきではないと感じる。閉じ込められていることについて、腹を立てるべきだと感じる。でも恋人がやさしく髪をなでてくれるので、感じるそばから忘れてしまう。私は恋人の手のひらの感触を愛していて、この感触のほかに、欲しいものはない、という気がしてしまう。

「来週、ひさしぶりに遠出をしようか」

私の頭の上で、恋人が言う。

「遠出?」

私は恋人の声をききながら、ほっぺたで、ずぼんごしに伝わる恋人の太腿《ふともも》の温度を愉《たの》しんでいる。

「道志村には、まだいったことがなかったよね」

ドウシ村、と、恋人は言った。私には、それがどこにあるのかさえ見当がつかない。

「星がね、すばらしくよくみえるんだ」

恋人は言った。あんなに星のみえる場所もないよ、と。私の恋人は、いろんな場所を知っている。

それから、私たちはワインを持ったまま寝室に移動して、音楽を聴きながら愛しあう。音楽はマスカーニで、私はその極端で純粋な甘さと情感に溺《おぼ》れそうになる。恋人の指や唇は、私をほんとうに無防備に、子供のように無防備にさせる。

すべてのあと、私たちはならんでベッドに横たわり、指先だけをからめている。恋人が、私の肌をお皿がわりにしてワインをこぼし、啜ったので、私は身体のあちこちがべたべたで、甘ったるい匂いがしている。

こっちが現実だ。

私は、いつか恋人が私に、そう言ってくれたことを思いだす。

「現実よね」

横たわったまま、私は確認するように言った。ほとんど懇願するように。

「こっちが現実よね」

と。

恋人は一瞬沈黙し、

「すくなくとも」

と言って、励ますように私の手をぎゅっと握った。

「すくなくとも、こっちが真実だ」

私の恋人はどんどん注意深くなる。

32

道志村は山の中だった。

私と恋人はレンタカーを借り、二時間かけてここに来た。

あたたかくしてくるように、と、恋人が言ったので、私は厚手のコーデュロイの、たっぷりした白いずぼんをはいている。

恋人は、学生時代に友だちとドライブをしていて、たまたまそこをみつけたのだそうだ。何もない場所で、誰もいない場所だと恋人は言う。

中央高速道から夕暮れを眺めた。車の中で、私は恋人に、昔ペンシルヴェニアの山の中で、知人の運転する車が鹿《しか》をはねてしまった話をした。それから、父が川釣りの帰りに事故にあった話を。妹の友人が夏にオートバイで海にでかけ、カーヴした道でガードレールを飛び越えて、そのまま落下してしまった話を。

恋人は私の話を最後まで聞いて、

「大丈夫」

と、うけあった。

「大丈夫。僕はそんなことはしない」

と。

あたりは徐々に暗くなり、車には、毛布と、コーヒーをつめたポットが積んである。私たちは湖のそばを走り、私は恋人の横顔を眺める。額の秀《ひい》でた、思慮深げな横顔を。

「僕はあなたと、世界じゅうで星をみたい」

恋人は言う。

「世界じゅうで？」

私はそれについて考え、それを素敵だと思う。

「イスラエルでも?」

私が訊くと、恋人は自信たっぷりにうなずいたあとで、

「でもなぜイスラエルなの?」

と、訊き返す。

「なぜでも」

イスラエルの星は、きっと青白く美しいような気がする。

「キューバでも」

と、恋人が言う。私たちは思いつくままに地名をあげる。マイアミでも、ブリュッセルでも、チベットでも。

そして、いきなり闇《やみ》になった。

細い道で、家一軒、街灯一つない。真暗闇。自分たちの車の、ヘッドライトだけが頼りだ。恋人は車をとめた。

「ここがそうなの?」

恋人は窓を両側ともあける。ライトを切り、エンジンも切った車の中で、私たちはしばらくじっとしていた。

「なんにもみえないわ」

山の中なのはわかったが、木々と空の境界がみえない。恋人は、ポットのコーヒーをついでくれた。コーヒーの、熱く濃縮されたような香りが、窓からの夜気にまざる。

私たちは交互にコーヒーを啜った。

闇に目が馴《な》れてくると、車のドアをあけ、おもてにでた。どこか遠くで、水の音がしている。靴の裏が土を踏む感触。私はこわごわ歩いた。車をまわってきた恋人と、指がすいよせられるようにして手をつないだ。自分の五感が研ぎすまされてくるのがわかった。空気は、肺を切るほどつめたい。

「みて」

恋人が言った。

それは、とてもほんとうとは思えないような星空だった。おそろしいような、無造作な。

私たちはながいことそこに立っていた。肩に毛布をまきつけて。じっとしていると、奇妙な動物のなき声もきこえた。ふくろうだ、と、恋人が教えてくれた。

流れ星がいくつも落ちた。なんでもないことのように。私たちはぴったりくっついてそれをみていた。みちたりた絶望のなかで。

33

春。

私はある日仕事場の窓をあけ、春がきたことを知る。いつもそうだ。春は忽然《こつぜん》とやってくる。空気が、甘くやわらかくほどける。前日までの空気と、それはまったく違っている。

冷蔵庫の整理をした。いつのものだか見当もつかないひからびたきゅうりや、しなびて表面にしわが寄り、ふかふかになってしまったグレープフルーツを捨てる。固くなってしまった生ハムも。白カビの生えたチーズも。私は恋人と買物にいくと嬉《うれ》しくなってあれこれ買い込むのだが、料理はしないし、一人でいるとあまり食べないので、結局腐らせてしまう。

捨てるだけ捨てると、冷蔵庫はがらんとし、私は棚の一つ一つを拭《ふ》く。扉を閉めると清々《すがすが》しい気持ちになった。

それから午前中の仕事にとりかかる。傘に使う布の見本がでたので、それをチェックする仕事だ。見本は、なかなかイメージ通りにあがらない。私は、光沢のあるローズピンクや深い茶色の、その小さな布たちをひろげたりたたんだり、ベランダの自然光の中に持ちだしたりしてためつすがめつしながら指定紙に書き込む。もっとあかるく、とか、青味を控える、とか。

私の恋人は、私のデザインした傘を使っている。骨が十六本入った、上等の傘だ。それは黒に近いチャコールグレイで、シェルホワイトの裏地がついており、裏地の隅に、ごく小さく、フランス語で愛の言葉が入っている。私はそれを、かつて恋人のためにデザインした。私たちが出会って、恋におちたばかりのころ、自分たちの一体どこにそんな情熱があったのかわからない、でもまたたくまに身も心も焦《こ》がした、狂おしいばかりの情熱のなかで。

いまならば、私はあんな傘を思いつきはしないだろう。あんな臆面《おくめん》のない傘は。

何年もかかって、私たちはここにたどりついてしまった。穏やかな親密さ、互いを愛《いと》おしいと思い、互いの生活をそのまま尊重するような場所に。

私にはわからない。ここが私の来たかった場所なのかどうか、来るべき場所だったのかどうか。ただ、気がついたらここにたどりついていたのだ。

いちばん最後に恋人とセックスをしたとき——三日前か四日前、五日前かもしれない。私には、もうながいこと日にちや曜日の感覚がない。あるのはきのうときょうの区別だけで、あとはみんなつながっているように思える――、私はふいに思い立ち、恋人に言ってみた。

「避妊ゼリーを使わなくてもいい？」

恋人はおどろいたようだった。

「なぜ？」

と、訊《き》いた。

「子供が欲しいの？」

と。

「わからない」

私は正直にこたえた。

「子供は好きじゃないわ」

子供は無知だし、粗暴で、傲岸《ごうがん》だ。世話をしないと死んでしまうし、それにうるさい。

真夜中で、私たちはすでにベッドに入っていた。二人とも、裸だった。沈黙が怖かったので、私はあわてて、それに、と、言った。

「それに、避妊ゼリーはパイナップルみたいな匂《にお》いがするんだもの」

と。恋人はすこし考えて、

「使いたくなければ使わなくてもかまわないよ」

と、こたえた。私は嬉しかった。どうしてだかわからない。でもものすごく嬉しかった。

私はゼリーを使わなかった。そして、恋人は直前に私から身体《からだ》を離した。急いで。注意深く。とり残された私のかなしみに、まるで気づかないふりをして。

傘用の布のチェックを終えると、私は昼食がわりにハーブティをのんだ。ミントと菩提樹《ぼだいじゅ》をまぜたものだ。私はゆっくりと時間をかけてそれをのみ、午後の仕事にとりかかる。


子供のころ、私たちの家の庭にてんにんつつじの木があった。普通のつつじはまるい茂み状の低木だが、てんにんつつじはずっと背が高く、葉もすくなくて、華奢《きゃしゃ》だった。遅い春に、みずみずしい藤色の花が咲いた。花びらはとても薄く、ほとんど透けるようだった。おしべだかめしべだかわからないが、糸のような花芯《かしん》が二本、先をカールさせてつきだしており、蝶《ちょう》ちょによく似ていた。私はその花が好きだった。すずしい感じがした。すずしい、そして大人っぽい。

てんにんつつじは、蜜《みつ》の豊富な花だった。底を軽くひっぱってしべを抜き、すい、と吸うと、甘い蜜がこぼれた。うすい水飴《みずあめ》のような味がした。

蜜の吸い方は母に教わった。父は、不衛生だからやめなさいと言った。私は父のみていない隙《すき》にそれをした。こっそり。ときには母と一緒に。

父の衛生観念も、しかしあやしいものだった。というのも、父は雪が降ると私を散歩につれだして、塀に積もった雪をすくって食べさせたからだ。雪は体にいいのだ、と、父は言った。これには母が反対で、空気中のばい菌がいっぱいついているのだからやめなさい、と言った。父も私も、でもやめなかった。東京に雪が積もるのはめずらしいことで、わくわくして外にでたくなった。

私は蜜も雪も好きだった。平気だった。たとえばい菌がついていたとしても、ばい菌ごとちゃんと消化した。たぶん、ばい菌に強い体になったのだろう。大人になって、不衛生なプールの水をのんでも、それで具合が悪くなったことはない。

私は――ありそうもないことだが――、もしもいつか自分の子供をもったら、その子供に蜜も雪も食べさせてやりたいと思う。ばい菌に強い体になってほしいと思う。どっちみち、この不衛生な世界を、たった一人で生きていくのだから。

夜、妹から電話がかかる。

「元気？」

妹は訊き、私は、

「元気よ」

と、こたえる。妹は一瞬沈黙し、

「どうして？」

と、訊いた。

「どうして元気でいられるの？」

と。

「機嫌が悪いのね」

私は言った。

「私が元気ではいけないの？」

そういうわけではないけれど、と言って、妹は口ごもる。

「でも、姉さんが元気なのは道にはずれてるわ」

「道？」

私はそれについて考えてみる。妹はかまわずに先を続ける。

「姉さんは孤独なのよ」

まるで、私がそれを知らないかのように言う。

「どうしたの？　大学院生と上手《うま》くいっていないの？」

妹は黙る。それから、

「どうせ姉さんは恋人と上手くいってるって言うんでしょ。いつもそうだもの」

と言った。

「いってるわ」

私はこたえ、道志村にいったことを話した。二人でぴったりくっついて星をみたことを、恋人が車を上手に運転することを、運転しているあいだ以外は、ずっと指をからめあっていたことを話した。闇の深さを、水の音を、そして、そこで無数の星をみたことを。

「それで」

妹は不機嫌な声をだす。

「それで、姉さんは幸福なの？」

私が幸福だとこたえると、妹はためいきをついた。

「そんなの道をはずれてるわ」

と、もう一度言う。私は話題を変えたかった。それで、

「このあいだざくりをみたわ」

と、言ってみた。

「ほんと?」

妹はにわかに元気な声をだす。

「生きてたのね。よかった」

「あいかわらずひきしまった身体をしていた。金色の目で私をじっとみたわ。でもよってくることはしなかった」

私たちはしばらくざくりをほめたたえた。彼の生命力を、そして気高さを。

「あいつね」

妹がふいに言った。

「毎週土曜日は研究室にこもってるって言ってたんだけど、嘘《うそ》だったのよ。あの女の部屋にいたの」

毎週よ、と、妹は強調した。

「まあ」

私は妹を可哀相《かわいそう》に思ったが、どうすることもできないのを知っていた。恋をした人間をたすけることは、誰にもできない。

「それで、どうしたの？」

ののしった、と、妹は言った。

「ののしったし、靴を投げつけた。膝掛《ひざか》けで顔を叩《たた》いたら、眼鏡がとんでしまった」

「まあ」

私はもう一度言った。

「勇ましいのね」

「足りないくらいだわ」

妹は言った。

妹は、小さいころから一本気だった。一本気で、清潔だった。

「道について言えば」

私は言った。

「道があると思うことがそもそも錯覚なのよ。人生は荒野なんだから」

「ヒースクリフ？」

妹は茶化《ちゃか》す。

「そうよ。嵐《あらし》が丘」

妹はそれについてしばらく考え、でも、と、言った。

「でも、けものの道はあるのよ。みんなが通って自然についた、すこし歩きやすい道がちゃんとあるのよ」

私はつい微笑《ほほえ》んでしまう。

「そうね」

と、こたえた。でも、せっかくけものに生まれたのなら、自分でけもの道をつけたいと私は思う。

「また二人で遊びにいらっしゃい」

私は言った。

「元気で暮らしなさいね」

妹が言い、あなたもね、と私はこたえ、私たちは電話を切った。

34

父と母のでてくる夢をみた。

夢の中で、彼らはたのしそうにしていた。海の家のようなところにいて、家の中をとんぼがたくさん飛んでいた。父はランニングシャツにグレイのずぼん姿だったが、母はもっと改まった恰好《かっこう》をしていた。草色のスーツの中に黒のシルクのタンクトップ、という、生前好んでパーティなどに着た恰好だった。そこで交わされた会話は憶《おぼ》えていないが、弱い風が吹いていた。夢の中で、私はリラックスしていた。妹はでてこなかった。彼女はそこにくるべきではないのだった。

目がさめて、私は父と母が私を待っていてくれるような気がした。だからいつでも安心してそこにいっていいのだという気がした。

日ごとに空気がぬるんでゆく。私は、私にしては精力的に仕事をこなしている。古典を題材に絵をかいてみないかと言われ、「雨月物語」を読んだりしている。

私は眠り、仕事をし、散歩をし、お風呂《ふろ》に入って、また眠る。ときどき恋人がやってくる。私たちはここで音楽を聴き、食事をし、愛しあい、またすぐに会いましょうと言いあって別れる。

私の生活は安定しており、穏やかで、過不足がない。


カステラ。

ゆうべ妹の恋人がやってきた。猫たちに煮干しを、私にカステラを持ってきてくれる。カステラはいただきものだと言った。研究室にはいただきもののお菓子が余っている、と。私は、古いものだと嫌だと思ったので、急いで包み紙のシールをみた。カステラは新しいものだった。新しいいただきものなのかもしれない。あるいは、いただきものというのは嘘で、わざわざ買ってきてくれたのかもしれない。私には、どちらでもかまわないことだ。

「お茶とソーダと、どちらがいい？」

ソーダを、と彼が言ったので、私はそれをだした。

「仕事をしてたんですか？」

私は、ええ、とこたえた。本を読んでいたのだが、それは彼には関係のないことだ。

「ここは、いつも静かですね」

大学院生が言う。

「音楽をかけましょうか？」

私は、エマーソン・レイクアンドパーマーの、「展覧会の絵」というCDをセットした。恋人にもらったCDだ。私の恋人は、七〇年代の音楽にくわしい。

「これ、愉快な気持ちになるの」

私は言った。

「いろんな楽器の音がして、にぎやかなの」

「へえ」

たいして興味はなさそうに、大学院生は言った。

はじめてこのアルバムを聴いたとき、私は恋人に、何度も、これは何の楽器？　と、訊《き》いた。これはパイプオルガンね、とか、これはハープシコードなの？　とか。そのたびに恋人は笑って、シンセサイザーだよ、と、こたえるのだった。

大学院生は居心地が悪そうだった。それで私も困って、

「猫をみにいく？」

と訊いた。彼はうなずいた。

でも、猫は一匹しか来なかった。それも彼の気に入りのブチ子ではなくて、絶倫だった。

「きっとみんな外食しにいってるんだわ」

私は言った。彼はまた、うなずいた。

絶倫は煮干しをよろこんで食べた。私たちは中庭に立ってそれをみていた。

「妹が好き？」

私は尋ねた。大学院生は表情を変えず、

「ええ」

と、こたえた。足元の絶倫を見下ろしたままで。他に訊きたいことはなかった。それで私たちは部屋にひきあげ、妹の恋人は帰った。

35

恋人と食事に来たスペイン料理屋で、突然フラメンコのショーが始まった。ギターを弾いて歌う男が一人と、踊り手の女が二人、みんなやや年をとっていた。女の一人は黒地に白の水玉の服を着ており、もう一人は赤い服を着ていた。どちらも濃く化粧をして、表情を歪《ゆが》めて踊った。汗をたくさんかいて。

ショーのあいだ、照明のおちた店内で、恋人は私に愛の言葉をささやいた。私たちは膝と膝をぶつけ、指をからめ、ワインを何杯ものんだ。

「夏の休暇はどこにいこうか」

まだ春になったばかりだというのに、恋人は訊く。

「どこでも」

と、私はこたえた。私たちの夏の休暇。いままでに、たくさんの場所にでかけた。フィリピンや、カンボジア、カナダ、アリゾナにも。私たちはどちらも会社につとめていないので時間が自由に使えるし、私の恋人は比較的お金がある。私たちはどこにでもいくことができる。

私が「閉じ込められている」と感じることは、恋人には不当に思えるかもしれない。

「思いきり暑いところにしようか」

恋人は言う。

「暑くて、とても外にでる気になれなくて、一日中部屋で抱きあっていられるように」

「素敵」

私はこたえる。

「たくさんセックスをしましょう」

と。私たちはキスをする。ショーなどそっちのけで。熱いマッシュルームとガーリックと、赤ワインの味のするキスを。

深夜、お風呂に体を沈めていると、絶望がやってくる。

「たのしい夜だったようだね」

絶望は言い、私の体を見下ろす。お湯の中の、白い、中年の体を。

「ハンカチのブラジャーを憶えてるかい？」

絶望は言う。

「レストランにいくと、よくハンカチで遊んだだろう？」

昔、レストランは退屈する場所だった。大人たちの食事は時間がかかるので、私は暇をもて余してしまう。

「それが、いまやハンカチの代わりに男の唇で、退屈しのぎができるようになったってわけだ」

きょうの絶望はとても意地悪だ。

「やめて」

私は小さな声で言う。

「もう帰ってちょうだい」

でも絶望は帰らない。黙って、そこでじっとしている。私もじっとしていた。つめたいタイル貼《ば》りの浴室の、あたたかな湯気の匂《にお》いの中で。

私はここに恋人がいてくれたらと願った。ここに恋人がいて、私は大丈夫だと言ってくれたら、と願った。私はもう子供ではないのだ、と言ってほしかった。だからなにもかも大丈夫だ、と。私はもう一人ぼっちではない、と。

36

私と恋人が出会ったのは、七年前だ。展覧会の会場で、恋人は絵を一枚買ってくれた。私はお礼を言い、私たちはその小さな画廊の隅のテーブルで、こぶ茶をのみながら絵について話した。恋人の話し方は率直で、言葉の一つ一つが正しい重さと響きを持っていた。ヨーロッパ絵画にも日本画にも、随分知識があるようだった。

恋人はある批評家の名前をだして、その批評家が私の絵について書いた言葉を批判した。あなたの絵は単純に絵画的なのだ、と、言った。それは、私がその批評を読んだとき――それは好意的な批評だったのだが――に、言いたかったことだった。

恋人はベラスケスを好きだと言った。それにピカソを。どちらも私の好きな画家ではなかったが、その日彼の買ってくれた絵は、展示されたすべての絵のなかで、私のいちばん気に入っているものだった。

私たちは二時間も話した。あとで聞いたことだが、そのために恋人はあの日、約束を一つキャンセルしなければならなかったそうだ。

知り合いが来るたびに私は椅子《いす》を離れ、挨拶《あいさつ》をしたりお世辞を言われたり、ワインや花をもらったり、記念写真を撮ったりした。

「すっかり長居をしてしまって」

ついにそう言って恋人が立ち上がったとき、淋《さび》しかったことを憶えている。

「フランスはお好きですか」

出がけに、ドアのところで恋人はそんなことを訊いた。私が、ええ、とこたえると、

「じゃあ、もしよかったら今度フランスにいきましょう」

と、言った。

二ヵ月後、私たちはほんとうにフランスにでかけた。帰国して、私は空港から、そのころつきあっていた男に電話をかけて別れた。その電話のあいだじゅう、恋人と片手をつなぎあっていた。


「私の憶えている限り」

二度つづけてセックスをしたあとで、ベッドにならんで仰向《あおむ》けになった恰好で、私は恋人に言う。

「私の憶えている限り、私はあなたに出会ったときに、もう恋をしていた。どういうことかしら。自分でもよくわからない。一目惚《ひとめぼ》れというのではないの。あなたに出会ったとき、すでにあなたに恋をしていた」

「それは」

私の首の下から腕を抜き、背中をみせて床の煙草《たばこ》を拾いあげると、一本とりだしてくわえながら恋人はこたえた。

「それは、その通りだったからだよ」

煙草をくわえているせいで、恋人の声はくぐもっている。ライターの火が立ち上がる音、紙がちりりと燃える音。恋人は、煙草の煙をながく深く吐く。

「出会ったとき、僕たちはすでに恋をしていた」

「なにもかもすでにだったのね」

かなしみをこめて、私は言った。出会ったとき、恋人はすでに幸福な家庭を持っていた。

「そのとおり」

恋人は刺《とげ》に気づかずに、やさしく甘い口調で言って、私の頬に唇をつける。

「そして私は閉じ込められてしまった」

恋人はもう一度、そのとおり、と、言った。

「僕たちは閉じ込められてしまった」と。

「ほんとうに？」

私は訊いた。ほんとうにあなたも閉じ込められているの？

恋人は何が「ほんとうに？」なのかわからずに、力強い目で問い返す。

「ハーブティをいれるわ」

私は恋人にキスをして、ローブを羽《は》織《お》って台所にいく。やかんに水を入れて火にかける。

私は自分がたったいま恋人を疑ったことにおどろき、動揺している。信じきっていなければ、愛に意味などないことを知っていた。

ポットに葉を入れてカップをならべる。やかんが蒸気を噴きだし始める。私は恐怖を感じる。信じきっていることが、唯一《ゆいいつ》の武器だったのだ。唯一の、そして無敵の。

やかんが蒸気を上げつづけているのに、私は火を止めることを思いつかない。

37

子供のころ、私は図工が嫌いだった。

工作はもともと苦手で、手についた糊《のり》の不快さや、ボール紙をまっすぐに切れないことなどに、いちいち腹を立てた。なかでも苦手だったのはベニヤ板を切る電動ノコギリで、それを使う日は仮病をつかって学校を休んだ。

絵をかくことは好きだったのに、図画の時間も嫌いだった。見たままにかきなさい、とか、自由にかきなさい、とか、教師がくり返すのも癇《かん》にさわった。見たままにはかけなかったから。

それに私は道具の手入れが悪く、絵具のふたが固まってしまって、あけるのにいつも苦労をした。ふたを歯できつく嚙《か》み、チューブをまわしてみたりした。そうするとあくこともあったが、あかないこともあった。チューブがねじれて、切れかけることもあった。そういうことのいちいちに、私はうんざりしてしまうのだった。

いやな子供だったかもしれない。

写真のなかのそのころの私は、背が低く、困ったような表情を浮かべ、長い髪をしている。

長い髪を好んだのは父だった。でも父は髪についてとても厳しく、すこしでも絡《から》まっていると怒った。

「切れ！」

日ごろ切るなと言っているくせに、怒るとすぐにそう怒鳴った。髪にさした櫛《くし》がすべり落ちるようでなくてはいけないのだ、と、言ったりした。

母は笑って弁護してくれた。

「まだ子供だもの、無理よ」

と、言った。絡まった私の髪を指で梳《す》き、アクアマリン色の「油」をつけてとかしてくれながら。

「それに、この子の髪はくもの糸みたいに細くてこしがないんだもの」

私はいまでも長い髪をしている。美容室と呼ばれる場所が嫌いなせいもあり、ほとんどのばしっぱなしの状態だ。仕事をするときは、編んだり束ねたりする。そして、父がみたら激怒するだろうほどに、つねにあちこち絡まっている。


午後。

私はアトリエで本を読んでいる。春の日のさしこむアトリエで。

恋人はきのうから仕事で旅行にでている。

八日間、恋人は私の世界のどこにもいない。恋人の不在はこの街の姿を変え、私の姿を変えてしまう。私は淋しさを感じない。きのうまでの私は、恋人と一緒にどこかへ行ってしまったと感じる。ここにいるのは、恋人に会ったこともない私だ。

私は解き放たれた気がする。でもそれは自由ではなくて、小さな死のようなものだ。

アトリエは、アトリエの匂いがする。私はその匂いが好きだ。それは絵具の匂いでもなく薬剤の匂いでもない。それらが確実に含まれてはいるが、それならばいっそ、カンヴァスと木枠の匂いの方が強い。乾いた、すがすがしい匂いだ。

スピリチュアルな匂い。それはゆるぎがなく、つねに孤立している。私と恋人は、この部屋でお酒をのんだこともあるし、抱きあったこともある。でも、恋も、恋人も、この部屋の空気に影響することはできない。

夕方、私は映画を観《み》にでかけた。映画のあと、軽く食事をして帰り、お風呂《ふろ》に入って早く眠る。

画材屋がやってきて、ラピスラズリを砕いた群青《ぐんじょう》や金箔《きんぱく》という、普段私の使わない画材をみせてくれた。画廊のオーナーに指示されたらしい。私はそれらの美しさに見《み》惚《と》れたが、買うことはしなかった。

画材屋は私の友人の名前をだして、

「あの方は最近おかきになってないんでしょうかねえ」

と、言った。私はその友人と、もう何年も会っていない。そういえば展覧会の案内など、きていないな、と、思う。

画材屋は年配の女性で、小柄だがやや太っている。浅黒い肌をしていて、化粧けはない。

「お母様が亡《な》くなって、もう何年になります？」

どうしても世間話をしたいらしくて、彼女はそんなことも言った。もうじき五年です、とこたえると、画材屋はうなずいた。

「惜しかったですね。まだお若かったのに」

私にはわからない。惜しかったのかどうか。母がもっと生きたかったのかどうか。死。

恋人のいないとき、それは私には、まだ遠いことのように思える。

38

「忙しいの？　最近」

妹が訊《き》いた。私たちは、銀座の、混んだフルーツパーラーにいる。

「そうね、まあまあ忙しいわね」

妹はうなずいて、

「姉さんみたいなひとは、忙しくしている方がいいのよ」

と、言った。

「そう？」

そうよ、と断言する妹は、巨大なショートケーキを食べている。大学院生と仲なおりをして、機嫌がいいのだ。

私たちは映画を観た帰りだ。映画には、ペネロペ・クルスがでていた。私も妹も、その女優を気に入っている。

「姉さんが家をでた日のことを憶《おぼ》えている？」

妹が、ふいに訊いた。

「男を好きになって、その男と暮らすと言って、でていった日」

はるか昔のことだが、無論私は憶えている。

「あのときね、姉さんがでていったあと、母さんは『大丈夫』って言ったのよ。『じきに帰ってくるから大丈夫』って」

妹は目に微笑をたたえる。母のことを思いだしているのだ。

「あの男とは、どのくらい続いた？」

二年、と、私はこたえた。正確には二十六ヵ月だ。

「でも男と別れても、姉さんは帰ってこなかった」

私たちは窓の外をみる。紳士服屋のウインドウと銀行の看板、それに交差点がみえた。

あのときにはもう、どういうわけか、家は私の帰る場所ではなくなっていた。

「きょうも大学院生は研究室なの?」

土曜日。ショートケーキの最後のひときれを、ちょうど口に入れたところだった妹は、

「そうよ」

と言って、私の顔をまっすぐにみる。

「にらまないで」

私は言った。

「いかないで欲しいって頼んでも、いってしまうの?」

妹は眉《まゆ》をつりあげる。

「どうして私がそんなことを頼まなくちゃならないの?」

私は、その通りね、と、こたえた。さめてしまった紅茶を啜《すす》る。私は心のどこかで、妹が大学院生に、いかないで欲しいと言っていてくれたらよかったと感じる。たとえばピアノを習えなかった母親が、自分の娘に習わせたがるのにそれは似ていたかもし

れない。

夜。私は部屋の中で、モーツァルトを聴きながら、ひさしぶりに夜ふかしをしている。二十年ちかく前にドレスデンで録音された、シュライアー指揮のレクイエムだ。私はお風呂あがりで、身体《からだ》じゅうからオードシャルロットの匂《にお》いがしており、気分がいい。

恋人の気配のないとき、この部屋に子供の私は存在しないので、絶望も姿を見せない。私は落ち着いている。

仕事をしたい、と、考える。最良の仕事をしたい、と。それは私に残された、ただ一つのことに思える。ただ一つの、そして十分な。

私はソファに横たわって目をとじる。そして、でもこのまま死んでしまってもかまわない、と、心から思う。

39

真昼に玄関のチャイムが鳴り、ドアをあけると恋人が立っている。私は心底おどろく。亡霊をみたような気がする。

「仕事が早く片づいたから、一日早く帰ってきた」

と、恋人は言う。私はにわかには信じられない。

「会いたかったよ」

恋人は、とても現実的な様子をしていた。がっしりとした厚みのある肉体に、ベージュのシャツとモスグリンのジャケット、こげ茶のパンツを合わせていた。旅行鞄《かばん》をさげている。

「会いたかったわ」

私はようやくそれを認め、恋人の首に両腕をまわす。数秒間夢中で抱きしめた。恋人の肌には、かすかにタクシーの匂いが残っていた。

私たちはそのまま寝室に移動する。

恋人は、毛布の下で私を腕に抱きながら、旅の話をしてくれる。私たちが「邪魔者」と呼びあっている互いの服を、すっかりはぎとったあとで。

理屈に合わないことだが、私ははっきりと、もう会えないと思っていた、と、感じる。もう会えないと思っていた、と。

恋人は、きょうは泊っていかれると言う。私はほとんど混乱してしまう。

恋人は平戸《ひらど》という街について話してくれる。坂の多い街なのだそうだ。風変りな干《ひ》物《もの》を食べたと言った。恋人はその街に、古いガラス器を買いにいったのだ。

私たちは夕方まで寝室からでなかった。

「信じられない」

私は何度もそう言った。

「あなたにまた会えるなんて信じられない」

と。

そしてふいに恐ろしくなる。私は恋人の不在にも耐えなくてはならないし、圧倒的な幸福と共にやってくる、その存在にもまた耐えなくてはならないのだ。

私たちは近所の和食屋で夕食をとり、それからすこし散歩をした。

「あなたが旅にでたり私が旅にでたりするのはいままでにも何度もあったことなのに」

くっついて歩きながら私は言った。

「そのたびに初めてのような気がする」

恋人は小さくわらって、

「わかるよ」

と言ったあと、しずかな、でも途方もなくやさしい声で、

「どうしてた？」

と、訊いた。

「僕があの港町であなたを恋しがって泣いていたころ、あなたはどうしていた？」

満開の白木蓮《はくもくれん》が咲いていた。恋人の言葉に、嘘《うそ》は感じられなかった。それなのにどうして淋《さび》しかったのかわからない。

「会いたかったわ」

私は言ったが、それはほんとうではなかった。会いたかった、という気持ちがしたのはついさっきだ。それまでは、そんなことは思いもよらなかった。平気だった。恋人になど会ったこともない、と思いこんで過ごした。他に方法がなかった。

私は、自分がひどく壊れていることに気づく。

「みて」

恋人が三日月を示す。それは白く、随分とあかるい。夜気は甘く湿っていて、恋人は歩きながら私の頬に唇をつける。日本酒をのんだせいか、恋人は陽気だ。

「もっとそばに来て」

私は言った。

「あなたが遠くにいってしまうと、私はなにもかも忘れてしまう」

その言葉の意味するものに、私は自分で恐ろしくなる。

40

恋人と別れるべきかもしれない。

このごろ、気がつくとそんなことを考えている。私は恋人以外の男性に興味がないが、恋人と生きようとすれば、閉じ込められてしまう。

遅い午後、私は台所でサンドイッチをつくっている。いまにも雨の降りだしそうな天気の日だ。天気の悪い日、一人で台所にいると心細い気持ちになる。子供のころからそうだった。

サンドイッチをつくるとき、私はバターをとてもたくさんつける。厚切りのハムをはさみ、辛子を薄くぬる。レタスははさまない。パンが濡《ぬ》れてしまうからだ。

ちゃんと水切りをすれば大丈夫、と、恋人は言う。恋人の言うことはたぶん正しいのだろう。でも私ははさまない。レタスはちぎって別の皿に入れ、そのまま食べる方が合理的だと思う。

私は紅茶をいれ、紅茶とサンドイッチを持ってテラスにでる。テラスはごたごたに散らかっている。敷居をまたぐとき、私はオリーブの空き壜《びん》につまずかないよう気をつけなくてはならなかった。恋人と食べたオリーブ。

そこからの眺めは別に美しいものではない。道路と、車と、よその家と小さなビル。空気はすでに雨の気配を含み、むわりとあたたかい。

私はゆうべの、狂おしかったセックスについて思いだしている。恋人の指や唇について、肩や太腿《ふともも》やふくらはぎについて、彼の皮膚の持つ匂いについて、そして、枕《まくら》の上で頭をそらし、目をとじている恋人の素晴らしいあごの線について。私たちはときどき狂おしいセックスをするのだ。私は恋人に出会うまで、自分の身体がそんなふうになることを知らなかった。

それから散歩をした。深夜で、空気は澄んでつめたかった。

「いつかマジョルカ島に住んだら」

恋人は、夜そのもののような、やさしく落ち着いた声で言った。

「毎日こんなふうにみちたりてしまうな」

それは、幸福なはずの言葉だった。私たちは手をつなぎあい、ゆっくり歩いていた。

私はかつて、恋人の語るマジョルカ島の話が大好きだった。

「みちたりるのは悪いことじゃないわ」

私はこたえた。甘く装《よそお》った声とは裏腹に、苛立《いらだ》ち始めていた。みちたりるなら、なぜみちたりてしまわないのかわからなかった。なぜ、マジョルカ島にいく日が来ないのかわからなかった。

「勿論《もちろん》」

微笑を含んだ声で、恋人はこたえる。

「勿論悪いことじゃない。あなたがいれば僕はみたされてしまう」

いきどまりだ、と、私は思う。いつもここにたどりついてしまう。私はくすくすと声をたてて笑い、立ちどまって恋人を立ちどまらせた。恋人の首に両腕をまきつけた。

「知ってるわ。つまり、私たちはもうみたされてしまった」

耳元でささやくと、恋人も小さくわらった。

「そのとおり」

と、言う。

「そして、私たちは閉じ込められてしまった」

「そのとおり」

苛立ちは陽気さにとってかわられていた。

「知ってるわ」

私はもう一度言い、まだくすくすとわらっていた。大通りにでると恋人はタクシーを拾って帰り、私は夜道にとりのこされた。身軽でかなしい気持ちの中で。


雨が降ってきた。

テラスには屋根がついているので、私はしばらくそこにすわって、埃《ほこり》くさい雨粒がテラスの桟《さん》やテーブルの端を濡らすのをみていた。

午後もう遅く、これがきょう私の口にするはじめての食べ物だというのに、私はサンドイッチをほとんど残してしまう。紅茶はあたたかく、それが喉《のど》を通って冷えた身体に収まるのを、私は安心なことに感じる。

恋人と別れるべきかもしれない。

そして、さっきからずっと、その考えに取り憑《つ》かれている。

41

フランスキャラメルのこと。

子供のころ、そういう名前のお菓子があった。私はそれが好きだった。やや横に長いかたちの箱に入っていた。一箱に三種類のキャラメルが入っていて、ミルクとコーヒーとチョコレートの味だった。箱はフランス国旗のように塗り分けられていて、でもそれは青と白と赤ではなく、あかるい空色と白とピンクだった。中央に、西洋人形のような少女の顔がかかれていた。

あのキャラメル。それが一箱あるだけで、単純に幸福だった。先のことは途方もなさすぎて、心配もできなかった。妹はただの赤んぼうだったし、恋人はそばにいてくれなかった。だからキャラメルがあればよかった。キャラメルは、現実に私のものだった。

夕方、予定よりも一日早く生理がやってきて、私は絶望的な気持ちになってしまう。

42

妹と大学院生が、連れだって遊びにくる。私たちは三人で食事をした。恋人がいなかったので、料理は大学院生がした。冷蔵庫をあけて、

「ほんとになんにもないんですね」

と言ったあと、一人で近所にでかけ、ゆでたうどんを買ってきて、焼きうどんをつくってくれた。焼きうどんにはコンビーフが入っていた。

大学院生が料理をしているあいだ、妹は私に写真をみせてくれた。妹と大学院生が、旅先で撮った写真だ。二人とも一人旅が好きで、出会ったのも旅先だった。外国より、国内を旅する方がいいと言う。

写真はそう多くなかった。ほとんどは、妹か大学院生かのどちらか一人が写っているもので、二人一緒の写真は二枚しかなかった。

写真の中で、彼らはあまり楽しそうにみえなかった。どちらも仏頂面《ぶっちょうづら》をして、似たような山道で、所在なさげにつっ立っている。

それは、でも、ある種胸の痛くなるような写真だった。

「あなたたち、とても子供じみてみえるわ」

私は感想を言った。

「信州には一度行ってみたかったの」

妹は言った。

私たちはその夜、三人でワインを二本のんだ。ウンブリアの赤ワインで、私と恋人の気に入っているものだ。

食事のあとで音楽を聴いた。コルトレーンだ。コルトレーンのMY ONE AND ONLY LOVEは、やさしすぎる曲だ。

「よく料理をするの?」

私が訊《き》くと、大学院生は、たまに、と、こたえた。

気がつくと、大学院生は裸足《はだし》になっていた。くつ下はやはりみつからなかったので、またポケットにねじ込んだのだろうと思った。

妹は機嫌がよかった。おなじ会社にいる風変わりな女の子の話などした。その女の子は仕事をしながら、いつも片手でダンベルを上げ下げしているのだそうだ。昼休みにはお弁当を食べながら本を読んでいる。きょう読んでいたのは「スウ姉さん」という本だったという。

大学院生もすこし喋《しゃべ》った。最近読んでおもしろかった小説は、タイトルは忘れてしまったが、短くて、極端に会話のすくない小説で、主人公の女が男と寝るときに、自分の下着を男にハサミで切らせたがる話だったという。

ワインをのみながら、そんな話をした。

私はなんとなく、自分たちがひどく奇妙な、三匹の動物であるような気がした。三匹とも全然別の種類の、独特な動物であるような気がした。

それから私たちはテラスにでた。風にあたって酔いをさまして、妹と大学院生は帰っていった。きたときとおなじように連れだって、玄関で靴をはき、またくるね、と言って、でていった。

また別の夜。

私は公園で、鳩《はと》の死体を発見する。鳩はうす汚れて、惨《みじ》めな様子をしていた。お腹《なか》が破れて、血が固まっていた。羽根の先は濡れたように黒くなっていたが、ぱさぱさと乾いているようにもみえた。

私はしばらくそれを眺めていた。死体は街灯の真下ではなかったが、街灯の光がぼんやり届く程度の場所にあった。

死。

それはいつも私を誘惑する。こんなふうに有無を言わせない様子で、道端で死ねたらと憧《あこが》れる。

部屋に帰って、私はゆっくりお風呂《ふろ》につかる。お湯の中の私は、ぴんぴんしている。健康な、うすく脂肪のついた、白い肉体。私は自分が生きていることをあらためて知る。そして、生きているのにいきどまりだということを。


五月。

私は抵抗している。閉じ込められていることに、あるいは、死んだように生きていることに。

でも恋人が現れて、私はたちまちそれらを何もかも忘れてしまう。

「会いたかったよ」

いつものように恋人は言う。

「会いたかったわ」

いつものように、私もこたえる。

「あなたがいないとき、私は死んでいるのよ」

私は訴える。

「僕も死んでいる」

恋人は、簡単なことみたいにそうこたえる。ソファに横たわり、おいで、と言って、両手をのばす。私はそこに、身体《からだ》を埋《うず》める。

私たちはぴったりくっついたまま、じっとしている。私には、私が「苦しい」と言っていることが恋人にわかっているとわかる。恋人は手や足のすべての神経をやさしく澄ませて、私の身体から「苦しみ」をとり除こうとしてくれる。窓から弱い風が入る。私たちはそうやって待つ。なんとかやりすごそうとする。恋人の身体はすごく雄弁に、あやすように私の身体を抱いている。

やがて私は恥かしくなる。それで身体を起こし、恋人の額に唇をつける。彼の「治療」へのお礼だ。

恋人は私の目をみつめ、私が分別をとり戻したことを知る。

43

画廊のオーナーと、今年の展覧会の打ち合わせをした。今年はデッサン展をすることになる。古典を題材にした絵はまにあいそうもなく、来年もあやしい、と言ったら、オーナーはわらって、わかっていた、と、言った。ゆっくりかいた方がいい、と。

そのかわりと言っちゃなんだけど、と前置きして、オーナーは私に、専門学校の講師をしてほしいと言う。若い人たちと接することは、きっと刺激になりますよ、と、言う。

私は自分が学生だったころのことを思いだしてみる。学生の私に、いまの私はもうあまり会いたくない。いまよりもお金がなく、いまよりも疑い深かった。地味な服装をしていて、わざと顔色の悪くなる化粧をしていた。

私は、のちに美容師になった友だちのことを思いだす。まっかな口紅を塗り、ゴロワーズを喫《す》っていた彼女を。それから他に何人か、おなじ教室で絵をかいていた人たちの顔が思い浮かんだ。安全ピンが好きで、着ている服のあちこちに安全ピンをぶらさげていた女の子とか、家業を継がずに画家になると言ったために勘当《かんどう》されて、それを誇りにしていた男の子とか。

過ぎ去ったこと。それは私にとって、ほとんど物語のように遠いことに思える。

「まがりなりにも絵をかいて生きられることを、私は神様に感謝するわ」

私が言うと、オーナーは微笑《ほほえ》んで、

「僕も感謝してますよ」

と、言った。

そしてまた、夏がくる。

私は思いたって、部屋のカーテンをすべて洗濯する。もう一年以上洗っていなかったのだ。カーテンはタフタでできているので大きい窓のものは洗濯機に収まらない。それでも私はそれを無理やり押し込んで、洗濯機をまわす。ドライクリーニングというものが嫌いで、水をくぐらせたいのだ。

恋人のいる日に洗濯を思いたてば、バスタブに水をはり、そこで一緒に洗濯ができることがわかっていた。私たちはかつて何度かそれをした。Tシャツと下着だけの恰《かっ》好《こう》で、全身水に濡《ぬ》れながら、ふざけあいながら巨大な布と格闘した。それは重労働だった。楽しくて甘い、でもくたくたになる作業だった。

私はきょう、洗濯機でそれをしている。カーテンはどっしりと埃を吸い、汚れていて、一度洗っただけではきれいにならない。無理やり押し込んでいるのでしわができ、そのしわに埃が残るのだ。私はその重い布を一度ひっぱりだし、再び押し込んでまたおなじように洗う。

もっと薄い、木綿のカーテンをつければいいのに、と、恋人に笑われたことがある。でも私には、そんな小ざっぱりとした、赤毛のアンみたいな部屋に住むことはできない。そういう性分なのだ。そのことは恋人に、たぶん理解ができないと思う。

うちじゅうのカーテンを洗濯すると、もう夕方になってしまう。洗いあがったカーテンはしわだらけで重く、でも私はかまわずそれをそのままレールにつるす。夕方の光のなかで。

私は満足する。窓をあけているので風が通り、部屋じゅう清潔な匂《にお》いがしている。

母。

母は昔、娘たちにくり返し、ひとは好きなように生きられるのよ、と、言ってきかせた。私には、それはいいことのように思えた。嬉《うれ》しいことのように。

たぶん、なにもかもつながっているのだ。母の小さい娘たちはいまや小さくも若くもない女たちになり、母に教えられたとおり、好きなように生きなくてはならない。

「なにを考えているの？」

イタリア料理屋のテーブルで、向い側にすわった恋人が訊く。

「あなたのことを」

私はこたえた。

「どうしてあなたはそんなに美しいんだろうって考えているの。私は度を失っているの」

恋人は微笑む。まだ前菜がすんだばかりだというのに、テーブルの上はパンくずだらけだ。私たちは十分に互いの身体を味わったあとで、とてもお腹がすいている。

「度が大切だったの？」

恋人に問われ、私は首をかしげる。

「いいえ」

と、こたえた。

「度を大切だと思ったことはないわ」

と。

「よかった」

恋人は言う。

「じゃあ度なんか失い続けていればいい」

そして、頼もしい仕草でキャビアのスパゲティをとりわけてくれる。私はたちまち幸福になってしまう。度なんか失い続けていればいい。それは私の耳に、単純な許可として響く。

「おどろかない？」

つややかでつめたいスパゲティをフォークにまきとって口に入れ、白ワインで喉《のど》をうるおしてから私は言った。

「なに？」

訊き返した恋人の目は愉《たの》しげで、私の言うことをもう知っているのだとわかる。

「もうあなたがほしいわ」

「早く」

恋人は言い、余裕たっぷりに私をみて、

「人目なんか気にせずに、早く」

と、言いつのる。

44

子供のころ、なにが苦痛だったかといえば、時間が無限で途方もないことだ。あのころ、たしかに時間は無限だった。

たとえばピアノ。

四歳の誕生日に、私はピアノを買ってもらった。それはつやつやと黒く美しく、蓋《ふた》をあけると独特の匂いがしたが、私の思う音をだしてはくれなかった。音は、音楽ではなかった。いずれ私にも音楽をかなでられる日がくる、というのは、いずれ私も年老いるのだ、というのとおなじくらい、現実ばなれしたことだった。興味は持てなかった。ピアノは場所ふさぎだった。

たとえば夏休み。

じきに夏がおわる、という単純な事実さえ、ほんとうには信じられなかった。夏はぱっくり口をあけ、言い知れぬ不安と気怠《けだる》さを伴って、ただそこにあった。果てしなく。

見通しという言葉の外側に、私は生きていた。はじめから、意志と無関係に。

それは体力のいることだった。陸のない海で、方向もわからず、一人で、理由も目的もなく、泳げないのに泳ぐようなことだった。そして、ここがもっとも悲愴《ひそう》なところなのだが、私は、陸地というものがあることすら知らなかったのだ。

結局のところ、何一つ変わっていないのだ、と、認めるより他にない。四歳の、ピアノに直面した私も、六歳の、病院の前のくたびれた犬と自分を似ていると思った私も、あるいはまた、九歳の、絵具の蓋を歯できつく嚙《か》んでいた私も。

人生に絶望するわけではない。あのころからずっと、人生と絶望はイクォールなのだ。

ゆうべ、ためしにべつのひとと寝てみた。

むずかしいことではなかった。いつも恋人としているように、自分の寝室で、自分で服を脱いだ。出会ってまもない男だ。顔はよく憶《おぼ》えていないのだが、痩《や》せた、背の高い男だった。

私はもう何年も、恋人以外の男性と寝たことがない。そんなことは考えられなかったし、我慢ならないだろうと思っていた。

見馴《みな》れぬ男の身体は、単純に不思議だった。私はそれをしげしげと見て、こわごわ触った。それは、知らない街を歩くのに似ていた。

男はすこしお酒をのんでいたが、私はのんでいなかった。意識は隅々まで覚醒《かくせい》していた。

でも、それだけのことだった。

ゆうべの出来事を性交と呼ぶのなら、普段私が恋人としていることは、性交ではないのだろう。

すべてのあと、私はふいに空々しい気持ちになった。男が、はやく帰ってくれればいいと思った。

とりたてて後悔はしていなかった。ただ、自分がまぬけになったような気がした。でたくもない運動会にでて、紅白の鉢まきをまいてしまったあとのような気持ちだった。

45

夏。

私はお風呂場《ふろば》にプラスティックの椅子《いす》を持ち込んで、本を読んでいる。アメリカの推理小説で、何人もの大学教授がでてくる。リタとフランクは法学部の教授で、デニースは理学部の、ローラは言語学部の教授だ。

おもてはよく晴れているので、幾つもならべた化粧品の壜《びん》に、湯気と日があたってきれいだ。

本を読みながら、私はのんびりとした、みちたりた気持ちになっている。それは、自分を女スパイだと考えることの安心に似ている。外の世界を拒絶しさえすれば、安心と充足が得られるのだ。

私は出家をするべきかもしれない。

天啓のように、そんな考えが浮かんだ。

「私は出家をするべきかもしれない」

夕方、やってきて、ソファで白ワインを啜《すす》っている恋人に私は言った。恋人は眉《まゆ》を上げ、おどろいた顔をする。

「なぜ?」

エアコンで室温は下げてあるが、窓を全開にしているので、ぶわりとなまあたたかい風が流れこんでくる。日ざしはすでに傾いているが、そこには、昼間の熱が確実に名残りをとどめている。

「あまりにも貪欲《どんよく》だから」

私は説明する。

「愛されても愛されても足りないから。愛されれば愛されるだけ足りなくなるから。きりがないから」

恋人はわらった。

「おいで」

さしだされた腕を、私はただじっとみていた。恋人は不思議そうな顔をする。

「どうしたの?」

本気なのよ、と、私は言った。本気で考えているの。

「おいで」

恋人はもう一度言う。私の恋人は腕の力が強い。強引に抱きよせられ、肩に顔をおしつけられたので、私は息ができなくなってしまう。

「いいからじっとして」

恋人は言う。

「ここにいなさい。ここ以上に正しい場所はないんだから。思いだして。逃げようとしないで」

私は、自分がそれを信じたいのか、抗《あらが》いたいのか、わからなくて混乱する。恋人の肩は芳《かんば》しく、揺るぎがないように思える。きちんとついた筋肉の下に、美しい骨のあることがわかる肩だ。

私は不安定になっているのだ、と、恋人は言う。そして背中をやさしくなでてくれながら、二人とも、もうここから逃げられないんだから、と、言う。

私はあやうくそれを信じそうになる。

「ずるいわ」

なんとか身体《からだ》をひきはがし、抗議した。

「身体を使うのはずるいわ」

でも、それは私の耳にさえ無意味にきこえる。身体以上に信頼できるものはないと、私たちは二人とも、すでに知っているのだから。

46

梅雨だというのに雨が降らない。

蒸し暑い真昼、私は秋から講師をつとめる学校に呼びだされてでかけた。私の受けもつのはデザインのクラスだ。

学校は街なかにあり、排気ガスにみちた埃《ほこり》っぽい空気に、ほとんど同化しているような印象をうけた。街路樹のほかに緑もなく、狭い階段をのぼってガラスのドアをあけると、うす暗いロビーは陰気な病院じみていた。

学生らしい若者が何人か、しゃがみ込んで煙草《たばこ》をすっていた。

そこは、私の知っているどの学校とも似ていなかった。似ていなかったにもかかわらず、その陰気さには憶えがあった。なつかしい、と、いってもよかった。

受付の女性にアポイントメントのあることを伝えながら、私はまた、車の中にいた茶色い犬の顔を思いだしていた。

知らない人と話したせいか、うちに帰ると疲れていた。とりあえずシャワーをあびる。私は、自分が教える側に立とうとしていることにおどろく。学生時代に未来のない中年女性だと思っていた、女教師のことを思いだした。

ローブを羽織り、ソファにどさりと腰をおろすと、妹から電話がかかる。

「百合《ゆり》をみにいこう」

と、妹は言った。茨城《いばらき》県に、「五十種類八万球」の百合をみられる場所があるのだと言う。妹と大学院生は、以前そこにいったことがあり、そのときは牡丹《ぼたん》が咲いていたそうだ。

私はそういう場所に興味がないが、

「いくわ」

と、こたえた。妹に誘われたら、そうこたえることになっているのだ。

「恋人は？」

「訊《き》いてみるわ」

私は電話を持ったまま窓辺にいって窓をあけ、六時だというのにあかるい空を眺めた。

「まだ会社なの？」

「そう。もうじき帰るわ」

私は、妹が働いているという事実に依然として馴れない。父と母と私の「ちびちびちゃん」なのに。

「じゃあ切るけど、元気で暮らしなさいね」

いつものように妹が言う。

「あなたもね」

私はこたえ、思いだして、

「ああ、それから」

と、言った。

「茨城には電車でいくの？」

妹は、息をこぼすような笑い声をもらしたあと、低い声で、

「きまってるでしょ」

と、こたえた。彼女もまた、父にくり返し、車のほとんどは狂人が運転していると思え、と、きかされて育ったのだ。

そして、絶望がやってきた。

「やあ、ただいま」

穏やかで美しい夕方だというのに。

「きょうは忙しいの。帰ってもらえない？」

私は抵抗を試みる。

「学校の授業の、半年分のレジュメをつくって提出しなくてはいけないの」

そんなものはつくったことがないので、それでなくても途方に暮れているのだ。

「大人になったと言いたいのかな」

絶望はそんなことを言った。私には、絶望がいつも何をしにここに来るのかわかっている。挑発にのらないように気をつけなくてはならない、と考える。

「身構えちゃいけない」

絶望は言う。

「やめて」

私は言った。

「私を子供じみた気持ちにさせるのはやめて」

絶望は無論きく耳を持たない。

「無理をすることはないじゃあないか。簡単なことだよ。求めるのをやめればいい。一人ぼっちだったじゃないか。いまもそうだと認めればいい」

でも、私はもう一人ぼっちではいたくないのだ。

「授業？　笑わせちゃいけない」

追い討《う》ちをかけるように、絶望は言う。

「本業はいまでも女スパイだろう？　世界の外側にいるんだ。内側には、永遠に入れてもらえない」

知っている、と、私は思う。そのことはよく知っている、と。

絶望は満足したようで、しずかにどこかへ帰っていった。


深夜、私は絵をかく手を止めて、小さな声で、はな歌を歌い始める。これはよくない兆候だ。私はSCARLET RIBBONSを歌い、DON'T CRY FOR ME ARGENTINAを歌い、女子校で習った七つの水仙の歌まで歌った。夜中のはな歌は心細気に響く。

小学生のころ、私は始終はな歌を歌って叱《しか》られていた。父ははな歌が嫌いだった。行儀が悪いし、手元がおろそかになる、と言っていた。私はこっそり歌うようになった。次々に歌った。歌える歌が尽きると、でたらめな歌をつくって歌った。あれは、果てしなく続いている時間をなんとかやりすごす、術《すべ》だったのだといまになって気づいた。

恋人と別れるべきなのかもしれない。

深夜のアトリエで、私はまたそう考えている。恋人が悪いのだ。あのひとは赦《ゆる》しすぎた。だから私がつけあがったのだ。つい信じてしまった。用心していたのに。

恋人と別れさえすれば、私はたぶん、一介の女スパイに戻れるのだ。

47

大学院生は、カメラを持参していた。

大輪の百合よりも、小さな、色の濃い百合が好きだと言った。

妹は小さなリュックサックに、お菓子をつめて持ってきていた。妹と大学院生は、似合いのカップルにみえた。

常磐線《じょうばんせん》は向いあわせの座席の、クラシックだが物寂しい電車だった。曇り日で、湿度はあるものの比較的涼しく、私たちは電車の中で、四人のばらばらの人間だった。言葉すくなで、滑稽《こっけい》な感じで、でも四人でくっついて座っていた。

私はときどき、隣に座っている恋人の太腿《ふともも》に触れた。それはあたたかく、みっしりとした手触りがした。そのたびに私は奇妙な気持ちになった。自分たちが恋人同士ではなくて、兄妹とか親戚《しんせき》とか、なにかそのようなもののような気がした。

「私たちはおなじ細胞でできているのかもしれない」

私は恋人に、そう言った。

牛久《うしく》駅からバスに乗り、私たちはここに来た。雨が降りそうで降らない、曖昧《あいまい》な空の下で。

百合は匂《にお》いの強い花だ。園内の矢印にそって小路《こみち》を歩きながら、私と恋人は指をからませあっている。大学院生はあちこちで立ち止まり、しゃがんで写真を撮っており、妹は植物の説明の書かれた立て札を、いちいち真面目《まじめ》に読んでいる。

いつか私がいなくなっても、と、私は考えた。いつか私がいなくなっても、妹はきっと大丈夫だろう。妹の横には、たぶん大学院生がいてくれる。あるいは別な男が。誰でもいい。たとえろくでなしでも。好きな男以外の一体誰が、私たちを生かしてくれるだろう。

私たちはおそば屋で昼食をとった。みんなでビールを二本のんだ。店の中はうす暗く、しずかだった。私の恋人は大学院生と、食虫植物について話している。

「かーさんは花が好きだったわね」

妹が言った。

「庭も部屋も植物だらけだった」

私は、そうね、とだけこたえた。他に何を言っていいのかわからなかった。私たちの母はもう死んでしまったのに、彼女について、いまさら何を言えばいいだろう。けもの。

私はそれについて考えている。うす暗いおそば屋の座敷で。

私たちはみんなけものなのだ。一匹ずつべつべつの、孤独な。それなのに一体何だって、社会などという幻想をつくってしまったのだろう。

恋人と大学院生は、まだ食虫植物について話している。

マンションに戻ると、私たちはまっすぐ寝室にいった。どういうわけか、二人ともそうしたいと思っていた。それは欲望というよりも、休息を求める行為だった。私たちは互いをいたわるように、どんな種類の疲労も不幸も、相手の上を素通りするように、祈るように、守るように、身体を使って伝えあった。

どんな苦痛にも、どんな心配にも、私は恋人に指一本触れてほしくない。

それから恋人は台所にいき、ジン・トニックをつくってきてくれた。雨の気配がする。電気をつけていなかったので、部屋のなかはまっくらになってしまっている。私たちは裸のままジン・トニックを啜《すす》った。

「すっかりみちたりたあとに、何が待ってるか知ってる？」

私は尋ねた。恋人はすこし考えて、

「さあ、なんだろう」

と言って私の髪に唇をつける。

「死よ」

私は自信を持って断言した。そして、いつものように恋人が微笑して、事実をうやむやにしてしまわないうちに、いそいで、

「そろそろ別れるべきだと思うの」

と、告げた。

今夜、きっと私は死んでしまうだろう。

ぼんやりと、そう思った。ジン・トニックにはライムと氷が入っていて、グラスは

水滴をつけて濡《ぬ》れていた。

「そうしたいの？」

恋人の声はやさしかった。

次の瞬間、私はグラスの中身を恋人の身体にぶちまけていた。そう、し、た、い、の？　そ、う、し、た、い、の？　そうしたいの？　言葉は一切の意味を失い、ただ何度もよみがえってまとわりついた。

一度、大きくしゃくりあげた。それを聞いてもなお、私はそれが自分の声だとは思わなかった。誰かべつの人の嗚咽《おえつ》だと思った。

恋人が私をおさえようとしたので、私は暴れた。私は泣いていて、狂暴になっていた。

やがて、酒に濡れた恋人の身体が——濡れていてもなおあたたかい、生きている恋人の身体が——私をくみふせた。

私は、死んでしまいたいと思っていた。

48

深夜、恋人が帰ってしまった部屋のなかで、私は死を待っている。

恋人はすこし前までここにいて、私を愛しており、私が大切でたまらないのだと言った。

「知ってるわ」

私はこたえた。私も恋人を愛しており、恋人が大切でたまらなかった。

ジン・トニックのせいで、シーツが湿っていた。

「よく眠って」

恋人は言い、私のまぶたにキスをして、でていった。それは、絶望のやり方だった。

私ははじめて、恋人が絶望に似ていることに気づいた。

おもては雨が降っている。

私は動くことができない。

きっともう半分死んでいるのだ。ぼんやりとそう考える。

わかっていた、と、心から思う。私が別れたいと言えば恋人が同意することを、私はずっと知っていた。あのひとはいつも正しいのだから。ベッドに横たわったまま、私は弱々しくわらってしまう。ちゃんと知っている。私たちはけものらしく、きちんと生きなくてはいけない。あるいは、けものらしく、きちんと死ななくては。

恋人はとり乱したりしないだろう。仕方がない、と思うだろう。けものの死はそういうものなのだ。

私には、一つの後悔もない。一つのうしろめたさも。これは自殺ではないし、文字通り自然死なのだ。

私は疲れていて、眠たい。そして、なにもかも終りにしてしまいたい。濡れたシーツに横たわっている自分の身体《からだ》を、私はまるで九歳のそれのように感じる。そして、九歳の身体の重さを、持て余している。

うとうとと浅く眠ってはは目覚めることをくり返した。その度に、ゆうべの恋人とのやりとりを夢だったかと思い、現実だと気づき、気づく度に愕然《がくぜん》として、枕《まくら》に倒れ込んだ。ばさりと音をたてる枕の感触が現実的すぎて、奇妙に失望させられる。

夜があけても、私はまだ生きていた。がっかりしたが、生きられる気はしなかった。ここでこのままじっとしていれば、やがて力尽きて死ねるだろう。ごく自然に。与えられた時間を生き終った犬や猫みたいに。私はベッドに横になったまま、徐々にあかるくなってゆく部屋をみていた。

日が昇りきったころ、恋人がやってきた。ドアチャイムが鳴り、ノックと、私の名前を呼ぶ恋人の声がきこえたが、私は身動きしなかった。するとふいに静かになり、数分後に電話が鳴った。しばらく鳴るままにしていたが、恋人に心配させるのは甘えたふるまいだと思えて受話器をとった。

「私は大丈夫よ」

恋人が口をひらくより先に、そう言った。

「元気だから心配しないで」

恋人が口をきくまでに、それでもまだまがあった。やがて深いため息がきこえた。

「よかった」

恋人は、ただそう言った。

「今晩一緒に食事ができるかな」

やさしい声で、そう尋ねる。私は、

「いいえ」

と、こたえた。

「もう、会いたくないの」

私は落ち着いていた。感情を言葉にしたというよりも、言葉が感情をつくるみたいだった。

「本気なの？」

恋人は尋ねた。

「勿論《もちろん》」

声に微笑が含まれていたので、私は自分でおどろいてしまう。恋人は、しばらく無言だった。

「大丈夫よ」

追い討ちをかけるみたいに、微笑《ほほえ》んだまま私は言った。何が大丈夫なのか、わからなかった。恋人にもわからなかったとみえ、硬い声で、

「何が？」

と、訊《き》いた。そして、私がこたえるのを待たずに、

「信じられないな」

と、言った。

「あなたが本気でそんなことを言うなんて信じられない」

傷ついたような声だった。

「傷つかないで」

私は言ったが、変なセリフだったかもしれない。

「もう切らなくちゃ」

私は言った。

「来てくれてもドアはあけられないわ。でもここにいれば電話にはでるから、よかったらまたかけてみて」

　生きているうちは声をきかせて。

電話を切ったとき、私が感じたのは安堵《あんど》だけだった。

49

子供のころ、私の気に入っていた遊びに、ひとところでぐるぐる回る、というのがあった。私はそれを、家の前の路地で、一人でした。両腕を真横にのばし、可能な限りのスピードで、ぐるぐる回った。もっと速く、もっともっと速く。まわりの景色がただの流れる横縞《よこじま》になり、すぐに身体のコントロールを失った。のばした両腕がつっぱって、ひとりでに上下し、おろそうにもおろせなくなり、ひとところで回っているつもりが、知らないうちにあらぬ方へ移動している。壁や電柱にぶつかることもよくあった。あぁぶつかるぶつかる、寄っていってしまう、と意識の遠くでわかるのに、止まることはできない。ぶつかるかくずおれるかしたあとは目をあけることができず、目をつぶっていてもまわりがぐるぐる回転しているのを感じる。天地さえもうねるので、じっとへたり込んでいることもできずに、地面にしがみつくように俯《うつぶ》せていた。ようやく目をあけられるようになり、目をあけると風景が実際にぐるぐる回るのがみえた。地面があまりにもはげしくうねるので、しがみつく力をすこしでもゆるめると、転がってしまった。

世界が動かなくなると、気持ちの悪さが襲ってくる。強い吐き気とめまい、ときどき頭痛も伴った。私はうずくまり、きつく目をとじてそれをやりすごす。

やがて、それは嘘《うそ》のように治る。私は立ち上がり、壁や電柱が普段と変わらない堅《けん》牢《ろう》さでそこにあることを、手のひらでたたいてたしかめた。路地はしずかだった。私は満足し、おもむろに道のまん中に戻ると、両腕をひろげ、また回りだすのだった。

私は何度もそれをした。自分の体が制御できなくなる瞬間や、実際にうねる世界を体感することの前では、その後の不快感など物の数ではなくなってしまった。ある種の中毒に似ている、と、いまになって思う。

私は乗り物に酔いやすい子供で、家族との外出も、バスに乗る遠足も、心の底から苦痛だった。マットの上のでんぐり返しさえいやだった。それなのに一体何だってあんな遊びをくり返したのか、見当もつかない。

憶《おぼ》えているのは、勝手に回転しつづける世界に誰も手だしできず、自分の体さえまるでコントロールできない、という、強烈な感覚がおもしろかったことだけだ。

50

もう三日、私はベッドの中で死を待っている。一日に一度、シャワーを浴びる。他には何もしていない。空腹は感じないがのどが渇くので、ときどきハーブティをいれてのむ。空腹を感じないのはそのせいかもしれない。歩くとき足元がふらつくが、精神はむしろ元気で、気分がいい。

一日目は恋人のことばかり考えて過ごしたが、二日目からはぱったり考えなくなった。仕事のことも、妹のことも、数すくない友人たちのことも。

それらはすでに、記憶にすぎない。私は身軽で、何もわずらわしいことがない。

シャワーを浴びるときに鏡をみる。私は、とりたてて痩《や》せても衰弱してもいないようにみえる。ただ、目のまわりだけがくんと奥に沈んでいく。ふいに、目の前の肉体が奇妙なかたちに思える。長い髪や、細い首や、肩や、腕や、腰や、太腿《ふともも》が、とても変わったかたちに思える。みたことのないもののように。

あれから、恋人からの連絡はない。私に腹を立てているのかもしれない。

妹から一度電話があった。

「元気？」

妹が訊くので、私は元気だとこたえた。妹は、共産党の話をした。共産党が政権をとっても、かつてのソヴィエトのようにはならないはずだ、と、言った。大学院生と、そういう話をしているらしい。

「なまりって知ってる？」

妹が訊いた。

「なまり？　すずのことでしょう？　すずの兵隊の」

そのなまりじゃないのよ、と、妹は言った。さかなの一種なのだと妹は言う。マミーみたいな色をした、かわいたさかなの身なのだそうだ。

「彼はそれが好きなの」

妹は言う。マミーみたいなそのさかなの身に、大学院生はしょうゆとマヨネーズをかけて食べるのだそうだ。

「まずそうに聞こえるわ」

「おいしいのよ」

と、妹は言う。

「かーさんは料理が得意だったのに、私たちになまりを食べさせてくれたことがなかったわね」

妹の声には、かすかに憤慨の響きがあった。私は微笑んだ。

「よかったわね、それが食べられて」

共産党について知識を得られて。好きな男に出会えて。

「四年ごしの女なんて、気にすることはないと思うわ」

私は言った。

「そんなの、とるにたりないことだわ」

ややあって、妹は、そうね、と、認めた。それから、

「今度姉さんにもつくってあげる」

と、たのしそうに言った。

「ほんとにおいしいのよ」

と。


五日目の明け方に、私は具合が悪くなった。トイレまで歩くのも億劫《おつくう》だった。ようやくたどりつくと息がきれていて、しばらく洗面台の縁につかまっていなければならなかった。

ベッドに戻ると動けなくなった。ゆうべまでは何ともなかったのに、私は突然、おそろしく疲労していた。

もう、自分を九歳のようには感じなかった。中年女のようにも、老人のようにも感じなかった。あるのは疲労ばかりで、私はただ眠りたかった。

51

雨が降っている。

昔、私は雨が好きだった。雨の日には折り紙を折った。和紙の匂《にお》いが濃くただよう部屋の中で。

そばで母が柄を説明してくれた。

「これは矢羽根、これは霰《あられ》、これは麻の葉、これはかのこ」

私の産着には、麻の葉の柄がついていたそうだ。

「これは千鳥、これは亀甲《きっこう》、これはからくさ、これは観世水」

赤や浅葱《あさぎ》の美しい千代紙の、ざらりとした感触が好きだった。

屋根や窓を打つ雨の音。濡《ぬ》れた路面を走る車の音。母のはな歌。

病院。透明な液体——チューブを通って、私の腕に流れ込んでくる——。不躾《ぶしつけ》な医者。雨が降っている。

憶えているのは、恋人の顔だけだ。こわい顔をしていた。私は、このひとのこんなこわい顔ははじめてみた、と、思った。恋人はとり乱していた。

病院は嫌いだ。それで私は恋人にそう言う。恋人は、

「すぐに帰れるよ」

と、こたえる。そのとおりだった。

私は二日でうちに帰った。うちの中は、でもどういうわけか、見知らぬ場所にみえた。誰か知らないひとの生活していた場所のように。

私は、自分が自殺しようとしたわけではないことを、恋人に説明しようとした。自然に死ぬことがわかっていただけだ、と。

「わかってる」

恋人は言い、私の髪に唇をつけた。

「わかってるから、心配しなくていい」

と。

病院から帰った日、恋人は私をタイ料理屋につれていった。私は食欲がなかったが、千切りにした固いパパイヤのサラダと、酸味のあるココナッツのスープをすこしずつ食べた。どちらも、とてもほんとうとは思えないくらいおいしかった。

私が食事をするのを、恋人はじっとみていた。

「なまりというさかなを知っている？」

私は恋人に訊いた。恋人は微笑んで、

「かつおのことだよ」

と、言った。

「かつおの一種？」

「いや、かつおぶしの一種」

私はおどろいてしまった。私の恋人は何でも知っているのだ。

「大丈夫？」

食事をしているあいだ、恋人は私に何度もそう尋ねた。

「大丈夫？　具合は悪くない？」

と。私はそのたびに、大丈夫よ、と、こたえた。まったく大丈夫だ。ただ、私には、恋人がやっぱり状況を理解していないように思えたので、もう一度説明しようとした。

「よく聞いてね。私は死のうとしているわけではない。ただ死にかけているの。病院にいっても、あなたに会っても、ちゃんと食事をしても、それは変わらない。私はそれを待っているの。それはかなしいことじゃないのよ。だからかなしまないで、信じて」

恋人は私をまっすぐにみて、

「信じる」

と、言った。

「もしそうなったら、かなしまない。約束する」

恋人の目に、嘘もためらいもなかった。

「よかった」

私は言い、にっこりして、心の中で愛の言葉をつぶやいた。

「僕たちは一緒にそれを待ってるんだよ」

恋人が言った。

「たぶん、一秒の誤差もないと思うな。別々の場所にいても、あなたにそれが来るなら、僕にも来ると思う」

私はあきれて首をふった。

「信じる?」

「信じないわ」

即答したが、遅かった。私はもう信じてしまっていた。

「あなた、よっぽど絶望してるのね」

愛をこめて、私は言った。

「してる」

恋人の声も、ひどく愛にみちてやさしかった。

「逃げないの？」

「一人で？　どこに？」

恋人は、病院帰りの私につきあって、ビールではなくつめたいジャスミンティをのみながらこたえた。私はまたここに帰ってきてしまった。私のいる場所に。いてもいいと言ってもらえる場所に。

夏の休暇はカプリにいこう、と、恋人と私は計画している。

解説――いつか、マジョルカ島で

冨原眞弓

両親から「ちびちゃん」と呼ばれていた少女は、もっと「ちびちゃん」だからと「ちびちびちゃん」と呼ばれることになる妹が生まれた日、病院の前に停めてあった車の後部座席に乗っている犬をみた。こげ茶色で、耳がたれた顔の長い犬。半分あいた窓から、所在なげに窓の外を眺めている。自分を残してどこかへ行ってしまった家人の帰りを、五分後か一時間後かもわからぬまま、ただぼんやりと待っている。少女は思う、あの犬は自分の分身だと。そしてお客にだされる「紅茶に添えられた、使われない角砂糖」みたいに、居場所があるような、ないような、不満というわけではないけれど、なんとなくしっくりこないと感じる。

けっして使われないのにそこにあるのが当然とみなされる角砂糖であることに、幼いころからすっかり慣れっこになっていた。そもそも、子どもというのはそういうものだ。すべてが、あらかじめ了解を求められることなく、だれかほかの人間が決めた筋書にしたがって粛々とすすんでいく。

　この感覚はおとなになっても、ふいに予告もなく「私」をおとずれる。たとえば、眠ってしまった男の横で、身じろぎもせず、ぼんやり前をみているときに、ふと思いだす。「あの肌寒い夕方の、あの犬の、困ったような、途方に暮れたような顔を。六歳の私と似たものどうしだった、おとなしそうな、あるいはくたびれた様子の、車の窓からつきだされていた茶色い顔を」。

　両親の愛犬だったラブラドールのジュリアンには、彼だけの居場所があった。赤と青の糸で織られた敷物として視覚化された空間だ。あちこち糸がほつれ、色目がぼやけるまで使いこまれ、しっかりと家族の生活のなかに組みこまれている。十三年の天寿が近づいて、ミルクティ色のうつくしい毛皮から艶《つや》がなくなっても、老いたジュリアンは家族の愛に媚《こ》びるでもなく、運命に抗《あらが》うでもなく、ひっそりと孤独をうけいれ、「ただ死んでいった。きちんと。自分で」。泣いてはいけない、悲しむべきことではないのだ、「年長者」を見送るのは「年下の者」の務めだから、という家族の暗黙の了解に看取られて。

　病院の前のあの犬もおそらく孤独だったし、その犬を自分の分身と感じていた「私」も孤独だった。ただし、ジュリアンのようではなく、小学校の体育館の窓のように、ひとりぼっちだった。あの窓はなんのためにあるのだろう、と子どもの「私」はいぶかっていた。高いところにあるので、かろうじて空はみえるが、学芸会や人形劇の日に暗幕が閉じられると、その空さえみえなくなる。すばらしく無意味な存在だ。「私」はこの「役立たずの窓」が好きだった。

ある日、「恋人」にその窓の話をした。「恋人」はこともなげに、自分の小学校でもそうだったと答える。おまけに、窓がなぜ高いところにあるのかを分析してみせる。体育館の窓が低い位置にあったら、「ボールとか、血気盛んな若者とかが、毎日ガラスを割ってしまうよ」と。

文句なく理にかなった説明なので、「私」はしばし言葉を失うほど驚きながらも、納得せざるをえない。風変わりだと思っていた高い小窓、ひみつの隠《かく》れ処《が》みたいな小窓は、ただのありきたりの体育館の窓で、とてもありきたりの理由で、あの位置とあの形になっていたのか。

嫌いな学校で数少ない好きなものだったのに、「恋人」の説明で合理的な意味を与えられ、とつぜん陳腐なものになってしまう。どんなことでもきちんと説明できて、ぜったいにとり乱したりしない「恋人」は言葉をあやつるのも巧みで、やすやすと主人公を安心させ、無防備にさせ、結果として傷つきやすい存在にする。そして、「私」

は「恋人」の世界に閉じ込められる。ただし、一方的な被害者としてではなく、ひそやかな共犯者として。

「ちびちゃん」と「ちびちびちゃん」の小さな家出。いや、じっさいはある種の散歩で、知らない道をどこまでもどんどん歩き、どちらかが帰りたくなったら、このさすらいは終わった。知らない道でもなんどもさすらっていれば、いくつかのなじみの場所ができる。気に入りの場所も。豆腐屋のある小さな横町とか、空のたくさんみえる橋の上とか、ガードレールにつけられたへこみとか。

そのへこみは「つねこ」と命名された。通りすぎる車がこすってできた傷なのか、だれかが棒で叩《たた》いてへこませたのかはわからないが、なめらかなガードレールのそこだけが、ごく控えめに存在を主張していた。なくてもかまわないし、というより、ないほうがよいとされる窪《くぼ》みだが、しっかりと「一人でちゃんと立っている、でもすこし不幸な、つねこ」に、幼い姉妹はちょっとだけ同情と優越を感じながら、夕暮れのなかを家路につく。つねこには帰る家がない。でも、この「家出」には終わりがある。不安になればいつでも帰れる家があるから。

おとなになった「私」に帰れる家はない。すくなくとも両親の住む家はもはやない。あの家にはひっきりなしに客がおとずれていた。ごましお髭《ひげ》をたくわえた初老の画伯、その年若い妻、両親の麻雀《マージャン》仲間、手土産に手製のチョコレートケーキをもってくる落語家。それらのお客には紅茶がだされ、カップにはきまって使われることのない角砂糖が添えられていた。仲のいい友だちもいた。母親とふたり暮らしで、小学生なのに演歌の好きな女の子だとか。きれいな顔の弟をとてもかわいがっていた女の子だとか。生涯の友情を誓った子もいたのに。みんな、どこへ行ってしまったのか。

いま、ひとり住まいのマンションをおとずれるのは、「森に潜む兵隊のような恰好《かっこう》をしている」妹、妻子のある「恋人」、なぜかしょっちゅうれんこんを届けにくる宅配屋、そして数匹ののら猫たち。ブチ猫には「ブチ子」、キジ猫には「キジ」、黒猫には「クロ」（この世に「クロ」と呼ばれるのら猫は何千匹いるのだろう）と、貧相な猫には「やせっぽち」と、名前だって、お手軽だけれど、ちゃんとある。妹の命名になる「絶倫」だけは、外見によらない。たくさんの子が彼の勲章だ。なんといってもいまや自分も、のら猫たちのノミをとってやり、餌《えさ》を与えてやる立場なのだと思い、「私」はすこし誇らしくなる。

夕暮れの風景のなかにぽつねんと立つ「つねこ」といい、体育館に意味もなく（と「私」は思っていた）くり抜かれた小窓といい、「私」の関心のむかう対象は、いつでもちょっと滑稽《こっけい》で、そこはかとなくもの悲しい。しっかり者だが不幸なへこみには、いささか古風な響きの名前が与えられる。あんなに車が嫌いで、運転もせず、横断歩道をまっすぐ前をむいてわたっていた父が、こともあろうに、あっけなく交通事故で他界する。お葬式のあいだじゅう、「私」のとりとめなくふくらんでいく想像のなかで、当の本人が不機嫌な顔をして、「ふん、なんで俺が死ななきゃならないんだ」と毒づく。このくだりで、最後まで車(とそれが象徴する「品のなさ」)と格闘しつづけた父親の姿が、ペーソスをたたえてよみがえる。

子どものころ、父はよく「私」を膝《ひざ》にのせ、「お前は世界いちだよ」と言った。だから自分は「世界いち」だと思っていたが、もうすこし分別がつくと、父の誤解に思いいたる。それでも父は「お前は世界いち」だよと膝にのせてくれる。「私は、ほんとうはそうではないことに、父が気づかなければいいと願った。心から。父のために」。頭がよく、誇りたかく、すべてに一家言のあった父が、小学生でもわかるような初歩的なまちがいをするなんて、信じられなかった。「父が気づかなければいい」というのは、少女としては精いっぱいの父への思いやりだった。

あなたは公園のなかにいるどの女よりもきれいだと、「恋人」は耳もとでささやくが、「私」はそれが嘘《うそ》だと知っている。でも、彼がせっかくついてくれた嘘だから、すこし悲しい気持でうけいれる。さすがに「恋人」がまちがっていると思いこむには、すでに「私」はりっぱなおとなだったので、これはまちがいではなく「嘘」だと了解する。

「私」と「恋人」のお気に入りの遊びは、マジョルカ島への移住計画だ。むつ言みたいに、呪文《じゆもん》みたいに、あきもせず「恋人」はくり返す。家業は息子にゆずり、ふたりでマジョルカ島に移住して、しずかに心地よく暮らそう、観光客相手の骨董《こつとう》屋でもいとなんで、と。ただ、このとっておきの計画は、「とっておき」だから永遠に実現しない、と「私」は内心では気づいている。

「私たちはそこで、蜜《みつ》のように幸福だろう。波のように自由で、風のように孤独だろう。私と恋人の計画は完璧《かんぺき》で、そこには何の問題もない。何の問題も」。「何の問題もない」といいきったあとで、「ただ、私にはその日が永遠にやってこないことがわかっている、という一点をのぞけば」とつづくとき、おとぎ話のように美しいマジョルカ島への移住計画にふくまれた嘘があらわにされる。

そして、ゆるやかな自殺（本人いわく「自然死」）から復活した「私」は、あいかわらず「恋人」と夏の旅行の計画をたてる。ただし、行き先はマジョルカではなく、カプリである。どちらも地中海にうかぶ島だが、似て非なるものだ。マジョルカではなく、カプリ。緯度もほぼ四〇度。経度を微妙にずらしたあたりが、絶妙にずるい。

それとも「恋人」なりの思いやりというべきなのか。

この物語は、いつも、悲壮の一歩手前でふみとどまる。

（二〇〇九年九月、聖心女子大教授・翻訳家）

この作品は平成十三年二月角川春樹事務所より刊行され、
同十六年五月ハルキ文庫に収録された。

江國香織著

きらきらひかる

二人は全てを許し合って結婚した、筈だった……。妻はアル中、夫はホモ。セックスレスの奇妙な新婚夫婦を軸に描く、素敵な愛の物語。

江國香織著

こうばしい日々

坪田譲治文学賞受賞

恋に遊びに、ぼくはけっこう忙しい。11歳の男の子の日常を綴った表題作など、ピュアで素敵なボーイズ&ガールズを描く中編二編。

江國香織著

つめたいよるに

愛犬の死の翌日、一人の少年と巡り合った女の子の不思議な一日を描く「デューク」、デビュー作「桃子」など、21編を収録した短編集。

江國香織著

ホリー・ガーデン

果歩と静枝は幼なじみ。二人はいつも一緒だった。30歳を目前にしたいまでも……。対照的な女性二人が織りなす、心洗われる長編小説。

江國香織著

流しのしたの骨

夜の散歩が習慣の19歳の私と、タイプの違う二人の姉、小さな弟、家族想いの両親。少し奇妙な家族の半年を描く、静かで心地よい物語。

江國香織著

すいかの匂い

バニラアイスの木べらの味、おはじきの音、すいかの匂い。無防備に心に織りこまれてしまった事ども。11人の少女の、夏の記憶の物語。

江國香織著
雨はコーラがのめない
雨と私は、よく一緒に音楽を聴いて、二人だけのみちたりた時間を過ごす。愛犬と音楽に彩られた人気作家の日常を綴るエッセイ集。

江國香織著
が ら く た
島清恋愛文学賞受賞
海外のリゾートで出会った45歳の柊子と15歳の美しい少女・美海。再会した東京で、夫を交え複雑に絡み合う人間関係を描く恋愛小説。

江國香織著
銅版画 山本容子
雪だるまの雪子ちゃん
ある豪雪の日、雪子ちゃんは地上に舞い降りたのでした。野生の雪だるまは好奇心旺盛。「とけちゃう前に」大冒険。カラー銅版画収録。

江國香織著
犬とハモニカ
川端康成文学賞受賞
恋をしても結婚しても、わたしたちは、孤独だ。川端賞受賞の表題作を始め、あたたかい淋しさに十全に満たされる、六つの旅路。

江國香織著
ちょうちんそで
雛子は「架空の妹」と生きる。隣人も息子も「現実の妹」も、遠ざけて——。それぞれの謎が織かれ、織り成される、記憶と愛の物語。

小池真理子・桐野夏生
江國香織・綿矢りさ著
柚木麻子・川上弘美
Yuming Tribute Stories
悔恨、恋慕、旅情、愛とも友情ともつかない感情と切なる願い——。ユーミンの名曲が6つの物語へ生まれ変わるトリビュート小説集。

新潮文庫最新刊

筒井康隆著
モナドの領域
毎日芸術賞受賞
河川敷で発見された片腕、不穏なベーカリー、全知全能の創造主を自称する老教授。著者がその叡智のかぎりを注ぎ込んだ歴史的傑作。

高山羽根子著
首里の馬
芥川賞受賞
沖縄の小さな資料館、リモートでクイズを出題する謎めいた仕事、庭に迷い込んだ宮古馬。記録と記憶が、孤独な人々をつなぐ感動作。

池波正太郎著
まぼろしの城
上野《こうずけ》の国の城主、沼田万鬼斎の一族と、戦乱の世に翻弄された城の苛烈な運命。『真田太平記』の前日譚でもある、波乱の戦国絵巻。

熊谷達也著
我は景祐《かげすけ》
—幕末仙台流星伝—
幕末、朝敵となった会津藩への出兵を迫られ仙台藩は窮地に——。若き藩士・若生文十郎景祐の誇り高き奮闘を描く感涙の時代長編！

森晶麿著
チーズ屋マージュのとろける推理
東京、神楽坂のチーズ料理専門店。お客の悩みを最高の一皿で解決します。イケメンシェフとワケアリ店員の極上のグルメミステリ。

尾崎世界観
千早茜著
犬も食わない
脱ぎっぱなしの靴下、流しに放置された食器、風邪の日のお節介。喧嘩ばかりの同棲中男女それぞれの視点で恋愛の本音を描く共作小説。

新潮文庫最新刊

椎名誠著
すばらしい暗闇世界
世界一深い洞窟、空飛ぶヘビ、パリの地下墓地。閉所恐怖症で不眠症のシーナが体験した地球の神秘を書き尽くす驚異のエッセイ集！

小泉武夫著
魚は粗《あら》がいちばん旨い
—粗屋繁盛記—
魚の粗ほど旨いものはない！　イカのわた煮、カワハギの肝和え、マコガレイの縁側——絶品粗料理で酒を呑む、至福の時間の始まりだ。

R・ライト
上岡伸雄訳
ネイティヴ・サン
—アメリカの息子—
現在まで続く人種差別を世界に告発しつつ、アフリカ系による小説を世界文学の域へと高らしめた20世紀アメリカ文学最大の問題作。

W・グレアム
三角和代訳
罪の壁
善悪のモラル、恋愛、サスペンス、さまざまな要素を孕み展開する重厚な人間ドラマ。第1回英国推理作家協会最優秀長篇賞受賞作！

畠中恵著
いちねんかん
両親が湯治に行く一年間、長崎屋は若だんなに託されることになった。次々と降りかかる困難に、妖たちと立ち向かうシリーズ第19弾。

早見和真著
ザ・ロイヤルファミリー
山本周五郎賞・JRA賞馬事文化賞受賞
絶対に俺を裏切るな——。馬主として勝利を渇望するワンマン社長一家の20年を秘書の視点から描く圧巻のエンターテインメント長編。

ウエハースの椅《い》子《す》

新潮文庫　え－10－15

平成二十一年十一月　一日　発行
令和　四　年十二月二十五日　四　刷

著者　江《え》國《くに》香《か》織《おり》

発行者　佐藤隆信

発行所　株式会社　新潮社

郵便番号　一六二―八七一一
東京都新宿区矢来町七一
電話　編集部(〇三)三二六六―五四四〇
　　　読者係(〇三)三二六六―五一一一
http://www.shinchosha.co.jp

価格はカバーに表示してあります。

乱丁・落丁本は、ご面倒ですが小社読者係宛ご送付ください。送料小社負担にてお取替えいたします。

印刷・株式会社精興社　製本・加藤製本株式会社

ISBN978-4-10-133925-2 C0193